イカセ屋稼業

乃坂希

JN020079

双葉文庫

目次

イカせ屋稼業

プロローグ

金曜日の午後二時。麻布《あざぶ》にあるマンションの一室、カリスマ女占い師・上川名《かみかわな》ナオミの事務所である。

「性の悩み相談？　そういうのは、ガールズトーク専門のエステティシャンの担当だろう」

沼袋育三郎《ぬまぶくろいくさぶろう》の質問に、上川名ナオミが答えた。

「担当さんはね、子どもが熱を出したから早退したいんだって」

「じゃあ、しょうがねえか。で、その悩み相談のクライアント、どういう人なんだ？」

「沼袋くんの大好物、育ちの良いお嬢様タイプの若妻よ」

「調子いいなあ、ナオミ。けどさあ、性の悩みだけなんだろう。初対面のおっさんに心を開くかなあ」

育三郎が口にした一抹《いちまつ》の不安を、ナオミは一笑《いっしょう》した。

「あらあら、らしくないわねえ。こないだまでクライアントと、もっと面倒臭いメールのやり取りを散々してたじゃない」

「それって、心の奥に被虐《ひぎゃく》願望を秘めてた三十二歳の女医のことか？」

「確か、合意のレイプみたいなセッションをしたんでしょう」

「当たらずとも遠からずだな。最終的にクライアントは、ポルチオでイキっぱなしになったから、リピーターになるのは確実だね。被虐願望も充分に満たしてあげたし、次回は麻縄緊縛《あさなわきんばく》をご希望だってさ」

「あー、そこまで露骨《ろこつ》に説明してくれなくてもいいわ」

ナオミは顔をしかめるが、育三郎の言葉は止まらなかった。

「とにかく性に対する罪悪感を、どうやって無くしてあげるかがポイントだったな。あの女医さんは、妄想でハードなことを求めていたけど、現実では性的な自分を解放したいだけだったよ。つまり俺という後腐《あとくさ》れのない安全な相手に、欲望とか願望を全開って感じでぶつけてきたのさ」

「なるほどねえ」

「まあ、昔取った杵柄《きねづか》ってやつだ。顔にモザイクをかけてくれるなら、ＡＶに出たいっていうOLとか人妻を山ほど相手にしてきたからね。みんな金だけじゃなくて、充実したセックスが目的だったよ」

「さすが元AV監督」

「ところで、ニッチマンってのはどうかな？」

「なんのこと？」

「この仕事のネーミング。間男《まおとこ》と隙間《すきま》産業のニッチをかけてみたんだが、イケてないか？」

「別に、名前なんていらないと思うけど」

「いやいやいや。ホストクラブ、出張ホスト、売り専よりワンランク上の新しい女性向け風俗ビジネスなんだからさあ、カッコイイネーミングが必要だろ」

「別に新しくないわよ。大昔からある『役者買《やくしゃが》い』を、今の時代に合わせてシステム化しているだけよ」

「まあ、確かにおれは元役者だけどさ」

育三郎は四十七歳の、元AV男優でハメ撮りAV監督。学生時代に映画・演劇にのめり込み、大学を中退して前衛詩人が主宰《しゅさい》していた小劇団に入った。しかし一年後、主宰の詩人が病死して劇団は解散。

同期の仲間と、自分たちで新劇団を立ち上げるも、泣かず飛ばずでこちらもいつの間にか解散となった。

結局、バイトでやっていたAV男優が本業になり、さらに脚本演出もできると重宝《ちょうほう》がられてAV監督に転身。人妻ハメ撮りシリーズで少々売れたのだが、業界の流通システム再編成の流れに乗れず、世代交代などの理由で失業した。

育三郎のAVにおける一番の問題点は、女性を感じさせることに夢中になりすぎて、画面が地味になってしまうことだった。女優や素人《しろうと》の人妻が本気で感じていると一時的に評判をとったが、いかんせん指も腰もスローな動きすぎた。潮吹《しおふ》きや高速ピストンなど、ケレン味たっぷりの性技を観たがるAVファンにとっては物足りず、詰まるところ飽きられたのだ。

上川名ナオミは、育三郎も所属していた小劇団の同期だった。女優を目指していたのだが、バイトでやっていた銀座《ぎんざ》の高級クラブでのホステスの方が性《しょう》に合ったのか、さっさとパトロンを見つけて、『私生活で女優をやるわ』と劇団を去った。

その後、パトロンの資金とコネで、怪しげな企業向け自己啓発セミナーをやっていた。育三郎は、小劇団時代の〝演技メソッド〟を改良したテキスト作成と講師でバイトさせてもらった。

　そしてナオミは、儲《もう》けるだけ儲けてパトロンと世界一周旅行に出かけてしまう。

　次にナオミを見たのは最近で、失業してビル清掃業務で糊口《ここう》をしのいでいたときである。なんと、安食堂にあった女性週刊誌のグラビアに載っていたのだ。

　なぜかナオミは、新進気鋭の女占い師になっていた。ＩＴ企業やタレントの専属占い師としてブレイクしたと記事にあった。

　金はないが暇だけあった育三郎は、昔馴染《むかしなじ》みに会いに行った。そこで、個人向けの占いに付随する、人妻やキャリアウーマンの恋愛と性の悩みに応《こた》えるメールサービス＆出張セックス部門に参加させてもらったのだ。

　人気なのは若いホスト風イケメンとのデートや添い寝などのソフトサービスなのだが、元ＡＶ男優でハメ撮りＡＶ監督という経歴が効《き》いたのか、ただのおっさんにしか見えない育三郎にも意外と需要があった。

　ちなみに出張セックスサービスは、ナオミが占い師として法人契約しているエステティックサロン及びシティホテル、旅行代理店などと提携《ていけい》してのレディースプラン専用だった。すなわち、ＶＩＰ会員しか利用できない秘密のオプションなのである。

そんな二人の関係だが、育三郎はナオミに対してビジネスライクな感情しか持っていない。何故ならナオミの性指向は、限りなくレズビアン寄りのバイセクシャルなうえに、男は金づる的な考えの持ち主なのだ。

「AV監督で思い出した。素人女性を面接して、なし崩し的にハメ撮りセックスするのが一番エロいって言ってたのは沼袋くんよね」

「そうだよ」

「今回の案件は、そのパターンが使えるかもしれない」

「つまり俺の口説《くど》き方次第で、性の悩み相談から性感エステコースに持ち込んで、セックスまでいけるかもってことか」

育三郎が呟《つぶや》くと、ナオミはにっこり微笑《ほほえ》んだ。

「そういうこと。じゃあ、担当さんから引き継いでね」

「強引だなあ。待て待て待て、クライアントの悩み相談の内容ってのはなんだよ」

「男根恐怖症だって。じゃ、よろしく」

もう話はついたとばかりに、ナオミはすっくと立ち上がる。

「おいおい、それじゃあセックスは無理だろう」

「でも担当さんの話だと、本格的な男根恐怖症ってわけじゃなくて、むしろ旦那さんとのセックスに不満があるみたいよ」

「ならば、試してみる価値はあるか……」

「だいたい沼袋くんは指と舌だけで女をイカせる名人なんだから、別に男根に頼る必要はないでしょう」

「まあ、そうだな」

「あっ。そろそろ、ホテルに行ってもらう時間ね。首尾《しゅび》よくリピーターにできたら、ボーナスをはずむわよ」

その言葉が決め手になって、育三郎もすっくと立ち上がった。

「マジか。断る理由が無くなっちまったぜ」

「ほら、ニッチマン一号、出動しなさい」

「了解《ラジャー》！」

育三郎は事務所を出て、タクシーで赤坂《あかさか》のシティホテルへ向かった。

第一章　若妻のメランコリー

1

　育三郎は、クライアントの深山恭子《みやまきようこ》が宿泊する部屋の窓際に立っていた。

（このままじゃ、埒《らち》が明《あ》かない。クライアントが口を開くのを待つより、こっちからガンガン仕掛けた方がいいかもしれん）

　そもそもホテルに到着してまず、恭子とは最上階にあるバーで待ち合わせた。

　恭子はお酒を飲みながらじゃないと、恥ずかしくて相談できないと言っているそうで、セラピストも先に一杯やっていてくれというオーダーだった。

「呑みながらだと、待つのも苦にならないね」

　育三郎は呟き、ドライマティーニを楽しんだ。そして仕事用のバッグから油性マジックを出して、コースターに落書きなんぞしつつ三十分くらい時間を潰していると、担当エステティシャンの女性に声をかけられたのだ。

「沼袋さん、今日はすみません。助かります」

「ああ、まあいいって。で、クライアントは？」

「今トイレに行ってて、すぐ来ます」

「そう、それでどんな感じの人なの？」

「元保育士さんで、不思議ちゃんというか、夢見るメルヘン乙女《おとめ》というか……」

説明の途中で、若妻が来てしまった。

「お待たせしました」

目が合うと恭子は育三郎に微笑《ほほえ》んだ。おそらく二十代前半、オカッパのサイドと後ろ側を伸ばしたプリンセスカットと呼ばれている髪形が素敵だった。

その下に、ふっくらした可愛い丸顔。キョトンとした表情に見えるが、微笑むと昼寝をしている猫っぽい目もキュートだ。鼻筋は通っていて、口角もキレイに上がっている。

「こちらが沼袋育三郎さん、こちらが深山恭子さんです」

担当エステティシャンは、それぞれを紹介した。

「恭子さん、大丈夫、心配ないわ。沼袋さんはわたしよりも専門家だから、いろいろ聞いて確かめてみるといいわ」

「よろしくお願いします」

恭子は言って、丁寧《ていねい》にお辞儀をした。前かがみになると、胸の谷間どころかボリューミーな巨乳がほぼ見えた。

つまりそれくらいゆるい襟《えり》ぐりの、ふんわりしたピンクのシャギーニットセーターを着ていた。しかも白のインナーだけで、ブラジャーを着けていないようだった。ちなみに、ボトムスはグレーのレギンスである。

「じゃあ、すみません。わたし、お先に失礼します」

担当エステティシャンが帰ったので、二人きりで席についた。しかし恭子は、頼んだ甘めのカクテルに口をつけるだけで、いっこうに悩みを打ち明けてくれない。かなり緊張している様子で、ずっと身をこわばらせている。

(ああ、初めてハメ撮りAVに出演する女優と、こんな時間を過ごしたこともあったっけなあ)

そんなことを思いつつ育三郎は、黙って夜空を見ながらドライマティーニをチビチビ呑んだ。そうするうちに、夜景と沈黙と少しの酔いでリラックスできたのか、恭子はようやく口を開いた。

「あの、やっぱり人目が気になって。お部屋に来てもらってもいいですか？」

という数十分を過ごしてから、宿泊する部屋に移動したのだ。そしてルームサービスでとったシャンパンを、二人で呑みながらの性の悩み相談タイムである。

「なんか、男のコレが怖いとか」

育三郎が股間を指すと、一人用ソファに座った恭子が照れた。

「そ、そうなんですぅ」

「どうして怖いの？」

あえて、敬語は使わなかった。ほろ酔い気分だし、クライアントの雰囲気からして、タメ口の方が喋《しゃべ》りやすそうだという配慮《はいりょ》である。

「だって、のっぺらぼうの蛇《へび》さんみたいですぅ」

恭子は、さっきよりもリラックスしており、甘えん坊口調になっていた。

「でも、旦那さんと普通にセックスはしてるんでしょう？」

「してることは、してるんですけど……。旦那ちゃんは、お仕事が忙《いそが》しいから週末にするんですけど、いつも同じなんですぅ」

若妻が亭主のことを、旦那ちゃんと呼んでいるのに少し驚く。今はみんなそうなのだろうか。いいや、おそらく違うだろう。

「同じって、もっと詳《くわ》しく話してもらえるかな？」

「はい。いつもは別々のベッドなんですけどぉ、土曜の夜だけは一緒のベッドに入って、電気を消してお部屋を真っ暗にしてからキスされるんですぅ」

「それから？」

「わたしのパジャマを脱がして、胸をさわったり舐《な》めたり。それから下の方をさわって、濡れてるのを確かめたら全部脱がされて。旦那ちゃんも脱いで、正常位で動いてすぐ終わってしまうんですぅ」

「ワンパターンなのが嫌なのかな。もっといろいろしたいって、旦那さんと話し合ったことはあるの？」

「そんなの、今さら言えませんよぉ」

若妻は、涙目になって訴《うった》えた。そして、フルートグラスに入っているシャンパンを一気に呑んだ。

「今さら？」

「だって、ハネムーンのときに、のっぺらぼうの蛇さんが怖いって、わたしが泣いちゃったから」

「でもまあ、のっぺらぼうの蛇さんを見ないでセックスができるんだから、問題ないじゃない」

「よくないですよぉ。お友だちに聞いたら、みんなもっといろいろしてるし、すごく気持ちいいらしいのに、わたしだけ損してるみたいですぅ」

酔いのせいなのか、大胆な発言が多くなってきた。

「ひとりエッチの方が気持ちいいなんて、悲しいですぅ」

「あっ、それはやってるんだ」

「だって、みんなもしてますから。あのぉ、沼袋さん。わたし、いったいどうしたら、蛇が怖くなくなると思いますか？」

「あー、そうだ。保育士さんの頃、園児のをたくさん見てますよねえ。それは大丈夫だったの？」

「平気です。ちっちゃい子のは、蛇さんじゃなくてイモムシくんだから」

「なるほど」

つまりズル剝《む》けの亀頭《きとう》や、バキバキな大人の肉棒が怖いらしい。それならなんとかなるかもしれないと、ちょっとしたアイディアが閃《ひらめ》いた育三郎は、窓際からスタスタ歩いてベッドに座った。

「う̄ーむ、そうですねえ。とりあえず慣れるしかないんじゃないかな。ちょっと隣に来てください」

言われた恭子は、ソファから立ち上がって歩き、育三郎の隣に座った。

「これねえ、普段は小さくてフニャフニャなんですよ」

育三郎は、恭子の手を取って股間に導いた。一瞬、戸惑いの表情を見せつつも、若妻は素直に従った。

「あっ、本当だ。でも旦那ちゃんのは、いつも硬くて大きいですよ」

恭子はズボンの上から、萎《な》えている男根の感触を確かめた。

「それは、奥さんとエッチしたくて興奮してるからですよ」

育三郎は、ズボンのジッパーを下ろした。さらに、トランクスの前ボタンを外して、萎えた状態のイチモツを露出した。

「ほら、見た目は子どものと、そんなに違わないでしょ」

「わっ。お髭《ひげ》が生えてるけど、小さくて可愛いですぅ」

恭子は、仮性包茎の柔《やわ》らか珍宝を指でチョンチョンと突いた。

「ふにゃふにゃしてて怖くないですぅ、イモムシくんのお父さんみたいですぅ」

恭子は白くて細い指で、珍宝を無邪気《むじゃき》に弄《いじ》った。

「じつはこのイモムシ、喋るんですよ」

育三郎が包皮をペロリと剝いたら、恭子は一瞬おののいた。

「ひゃあ、ちょっと怖いですぅ」

「大丈夫。ほら、切れ目があるでしょう。ここはおしっこが出るところなんだけど……」

育三郎は、仕事用バッグから油性マジックを取り出した。そして、亀頭に点を二つ書いた。つまり、スマイルマークの目みたいな感じにしたのである。

「コ・ン・バ・ン・ハ・！」

尿道口を、指で開いたり閉じたりしながら腹話術《ふくわじゅつ》を使った。もちろん、劇団時代につちかった技だった。目論見《もくろみ》は成功したようで、恭子は喜んだ。

「きゃあ。蛇じゃないですぅ、可愛いウーパールーパーみたいですね」

「そうでちゅ。ボクの名前はウーパーくんでちゅ」

腹話術で幼児言葉、まったくもってバカみたいである。

「うわーん、可愛い。ウーパーくん、わたしは恭子ですぅ。よろしくね」

しかし、元保育士さんの若妻はノリノリの反応を見せるから、二人してバカになる。そもそもセックスなんて、バカになった方が楽しいし気持ちいい。それにこれは、恭子の男根恐怖症を治《なお》すための真面目な治療行為である。

「ボクのこと、怖いでちゅか?」

「怖くないですよぅ」

「本当でちゅか?」

「本当に本当よん。食べちゃいたいくらいにキュート」

「わーい、ボクは、恭子センセーに食べられたいでちゅー」

育三郎は珍宝腹話術を使いながら、今が勝負の時だと思った。この調子でフェラチオをさせて、ペニスを口の中で大きく育てることができれば、もっと親しみが湧《わ》くのではないか。

しかも恭子は旦那とのセックスにも不満があるようだから、性感マッサージやポルチオ開発セックスでオーガズムに導いたら、高確率でリピートしてくれるクライアントになりそうな気がした。

(とりあえず、保育園児と先生の関係で喋り続けてみるか)

そんなことを考えていたら、育三郎の欲望器官はみるみるうちに勃起《ぼっき》し始めた。

鎌首《かまくび》をもたげるイチモツを見た途端、恭子は声を上げた。

「ひゃあ、やっぱり蛇になりましたぁ。怖いですぅ」

怯《おび》える恭子にひるんでいたら、カウンセリングは失敗に終わってしまう。育三郎は、大きくて硬くなった珍宝をビクンビクンと揺らしながら力説した。

「違うでちゅよ。ボクは、お兄さんウーパーに変身したんでちゅ」

まるで理屈になってないが、暗くした寝室で見る夫の巨根よりも明るい部屋で目にする、おマヌケなキャラクター男根の方が親しみやすいはずだ。

「ねえねえ、恭子センセー。保育士さんの頃、チンチンが硬くなったの、見たことないんでちゅか？」

「子どものは硬くなっても、イモムシくんみたいで可愛かったでしゅよ」

保育士さん時代を思い出したのだろう、恭子にも幼児言葉が伝染した。しかし夫がもし包茎だったならば、若妻はペニスを怖がることはなかったのだろうか。などと考えても仕方がないので、とにかく育三郎は腹話術を続けた。

「だからぁ、イモムシくんが脱皮したんでちゅよ〜。剝けてないと不潔になりやすいし、硬くないと気持ちいいエッチができないし。男の子はみんな、イモムシくんが脱皮したウーパーくんなんでちゅよー」

怖がらないでくれと祈りながら、役者魂を込めてウーパーくんになりきった。

「そっかあ。そうなんですかぁ……」

恭子は、硬くなったウーパーくんを再び握った。そして、カリ首でジャバラ状になっている包皮を、亀頭へ戻すように動かして呟いた。

「うふふぅん。これで、半分イモムシくんになりましゅねえ」

恭子は、勃起している男根を握って見つめていた。幼児プレイ効果で、男性器への恐怖心はかなり薄れてきたようだ。PC筋を使って、ビクンビクンと肉竿《にくざお》を脈《みゃく》打《う》たせても握り続けていた。

「あーん、だんだん可愛くなってきましたぁ」

「ねえ、センセー。旦那ちゃんのを舐めてあげたりしないのでちゅか？」

「したことないですぅ。どうやったらいいのか、わかんないんですぅ」

恭子はフェラチオ未経験なのかと、育三郎は驚いた。

（いやはや。今どき珍しい処女のまま結婚して、夫は子作りのためだけにセックスをすると聞いてはいたが……）

事務所からホテルまでのタクシー移動中に、ナオミから送られてきたデータによると、恭子は祖父が会長、父が社長であるそこそこの企業のご令嬢で、夫は取り引き銀行の頭取《とうどり》の息子だった。つまりは、一種の政略結婚をしていた。

だが夫婦仲は良いし、夫は家事も率先《そっせん》して手伝い、アニバーサリー、旅行などにもマメで、問題がないどころか完璧だった。

なのにベッドタイムは、子作りセックスだけなのだ。妻が感じることには最初から無頓着《むとんちゃく》で、セックスに必要なのは妊娠のタイミングと射精という考えの持ち主だった。

排卵日を狙った性交は愛撫《あいぶ》もそこそこに、膣《ちつ》の濡れが足りなければ潤滑剤《じゅんかつざい》を使い、挿入したら一直線に射精しておしまい。どうやら、元々セックスには興味がないらしい。

なので恭子は、自分が楽しむセックスは外注することも考えた。だが実践は躊躇《ちゅうちょ》しており、カウンセリングオンリーで踏み止まっている状態だった。

（ハネムーンで処女を喪失して、男根恐怖症になりつつも耐えるセックスを続けているうちに、痛いだけでなくだんだん気持ちよくなってきた段階なのかもなぁ。それに恭子は、友だちの影響もあるのかもしれないが、けっこう性的好奇心旺盛《おうせい》って気もするからな）

おそらくは婚外セックスへ踏み出すための、ナチュラルに自分を納得させる理由を探している感じがする。つまり今の恭子は欲情を持て余し、自分をどう表現していいのかわからないだけだった。

そして偶然が重なり、保育士さんキャラでの幼児プレイモードに活路《かつろ》を見出している。ならば、育三郎も突き進むしかない。

「センセーはオチンチンの下に、玉が二個あることは知ってまちゅか？」

「はい、もちろんでしゅ」

「じゃあ赤ちゃんの素《もと》が入ってる、タマタマが動いてるのは知ってまちゅ？」

「えええっ、本当でしゅか？」

恭子は、本気で驚いている表情になった。

育三郎は一度立ち上がって、ズボンとトランクスを足首まで下ろしてから座り直した。両膝を開いて、恭子の手をふぐりに導いてさわらせた。

「本当だあ。スナギモくんって動くんでしゅね」

「スナギモー？」

腹話術ではない地声が出てしまった。

「だってこれ、スーパーで売ってる鶏《とり》の砂肝に似てましゅよ」

言われてみれば、そうかもしれない。育三郎は腹話術の声色に戻り、オナニーに関して訊いた。

「センセーはひとりエッチ、するんでちゅよね？」

「えっとぉ、えっとぉ」

恭子は照れてモジモジしていた。

「やっぱりセンセーも、クリちゃんでイクんでちゅかあ？」

「しょれは、まあ、うん」

恭子がクリトリスオナニーで、オーガズムを得ていることはわかった。男根はイモムシとかウーパールーパー、玉袋と睾丸《こうがん》は砂肝ということで完全に親しみを覚えたようだ。

もう一押しすれば、旦那ちゃんの巨根でも恐怖から解放されるような気がした。なので、男性器はそもそも女性器だったということを教えることにした。

「センセー。このシワシワは女の人で言えば小陰唇《しょういんしん》、オチンチンはクリトリスと同じって知ってまちゅか？」

「そうなんでしゅか？　じゃあもしかして、クリちゃんと同じように弄れば、気持ちよくなるんでしゅね」

「その通りでちゅ。元々同じだってわかれば、もう怖くないでしょう？」

「はい、怖くないですぅ。さわっていて楽しいですぅ」

予想以上の反応である。

「じゃあ、まずは口で可愛がる練習をしてみようか」

育三郎が地声で言うと、恭子はコクリと頷《うなず》いた。

「センセー、ボクをお口でパックンチョしたり、舌でペロペロしてよぉ」

そして、また珍宝腹話術を使う。

「しょうがないでしゅね～」

当然、若妻も保育士さんモードで、顔を屹立《きつりつ》したウーパーくんに近づけた。

「くんくんくん。少し、くしゃいかなぁ？」

「わーん、恥ずかしいよー」

「じゃあ、キレイキレイしよーねー。ペロペロちてあげまちゅからねえ」

恭子はノリノリで、亀頭に舌を這《は》わせてきた。

「センセー、スナギモくんもペロペロして」

「そこも、気持ちいいんでしゅか。あっ、ちょっと待っててね」

そう言って恭子はベッドから降り、床にペタンと座った。

育三郎はふぐりを舐めやすいように、尻をベッドの縁《ふち》ギリギリのところに移動して、斜《なな》め後ろに両手をついた。

恭子は舌をチロチロ動かしながら玉袋を舐め、片方の手で肉竿を握り、もう片方の手は自身の太ももの間に入れていた。もしかしたら、軽く秘所を圧迫する自慰《じい》をしているのかもしれない。

「センセー、もっとぉ～。ペロペロだけじゃなくて、パックンチョもしてほしいでちゅ」

「うふふん。こうでしゅか」

恭子は、嬉《うれ》しそうな表情で肉棒を口に含んだ。もちろんテクニックなど無くて、ただ夢中でペニスを咥《くわ》えているだけだが、そこはかとなく興奮しているようだった。その証拠に、息を荒らげ肩や胸部を激しく上下させていた。

育三郎は、ついつい揺れている巨乳に両手を伸ばした。やんわりと左右の乳房を揉《も》み、しこった乳首を見つけクニクニ弄ると、恭子は勃起した肉茎《にくけい》を咥えたまま呻《うめ》いた。

「うふっ、んむむむぅぅ」

さらにペニスから口を離し、上目遣《うわめづか》いで育三郎を見つめて小さく呟いた。

「ぷはあぁ、オッパイ気持ちいい……」

「あの……。もしよろしければ、性感エステコースに変更しますか？　そうすれば、全身のソフト愛撫や、集中的な乳房マッサージも可能ですけど」

育三郎が乳首愛撫を続けながら言うと、恭子は陶酔《とうすい》の表情になった。

「そ、それ、お願いしましゅ」

「お任せください」

育三郎は立ち上がり、トランクスとズボンを穿《は》き直した。

2

そして二人は、再度ベッドに並んで座った。頬《ほお》を紅潮させた恭子は、下を向いている。育三郎はクライアントの肩に腕を回し、肉の柔らかさを味わう。着ていたセーターの素材も相まって、とても身体がふんわりしていて温かい。

(ノーブラだし、早くさわられたくて、オッパイがウズウズしているのかも)

そう思いつつ胸部に手を添《そ》えると、もっちりしているナマ乳の感触が伝わり、改めて柔らかさと存在感に圧倒される。

(がっつくともったいないし、慌てるナントカは貰《もら》いが少ないってか)

育三郎は若妻の耳にキスをしたり、レギンスに包まれた綺麗な足を指先でスリスリ撫《な》でた。

「んんっ……ふっ、ああん」

恭子は特に耳が弱点らしく、さらに高めの甘えた喘《あえ》ぎ声を漏《も》らした。そしてなんとピンクのセーターを自分でたくし上げ、グラビアアイドルみたいに魅惑的なおねだりポーズをした。

「いいね。ツルツルの、薄布の上からさわってほしいんだね」

育三郎が囁《ささや》くと恭子は無言で頷いた。

白のインナーに包まれたオッパイはたわわで、乳首のみならず乳暈《にゅううん》までが、まださわられてもいないのに、ぷっくりと存在を主張していた。

なので疼《うず》いて硬くなった乳首を、最も敏感で気持ちよくなれる部分に仕込みたくて、まずはじっくり乳暈を焦《じ》らし抜《ぬ》くことにした。

弱点の耳に優しくキスをしながら、ボリューム感のある乳房をムニュ、ムニュと揉む。乳暈を指の腹でスリスリさすると、それだけで恭子の身体が震えるのがわかった。

それからスベスベのインナーの上から指を動かして、若妻の乳暈の弱いところを丹念に探していく。

「っ……！　ぁあ……んっと！」

「そうか、この辺りかぁ」

しばらく続けると、だんだん可愛らしい声が出るところがわかってきた。両方の乳暈の気持ちよいところを逃さないようにして、薄布の上から少し強めにカリカリカリカリと執拗《しつよう》に苛《いじ》める。

「ここを、こうすると……」

「うあぁぁ……あっ、あぁぁ……あっく」

まだ愛撫が乳暈だけとは思えないほど、身体をくねらせ、喘ぎ声をたくさん出している。思わず頰にキスをしながら「すごく可愛いよ」と言ってしまった。

その後もボリュームのあるオッパイを楽しみながら、乳暈をねっとりじっくり苛め抜いた。少し爪を立てて輪郭《りんかく》をクリンクリン回すように撫でたり、親指と中指でクニュクニュ潰しながら、弱いところを人差し指でカリカリしたり。

恭子はそのつど太ももをピクピク痙攣《けいれん》させ、エッチな吐息を「あはん、あはぁん」と漏らしている。汗をかいているからなのか、インナーの布が乳肌に張り付いている。

さらにぷっくり盛り上がった乳暈は、まるで快感が溜《た》まっているようにも見える。まだ一度もさわられていない乳首も、布越しでもはっきりわかるほどパンパンに膨《ふく》れて、ものすごくいやらしい。

おそらく呼吸を荒らげると胸の隆起が上下して、乳頭がインナーの布地で擦《こす》られるため、乳首全体がジクジク疼いて仕方がないのだろう。ぼちぼち頃合いとみて、ピンッと指で軽く弾《はじ》いてあげた。

「あっ！　はっ！　……はうぅううっ！」

恭子の大きな喘ぎとともに、身体がビクンッと跳《は》ね上《あ》がった。

そこからは乳暈を中心に攻めながら、たまにご褒美として乳首を弾いてあげることを繰り返した。

大きなオッパイを搾《しぼ》るように揉んだり、乳首に触れるか触れないかギリギリのフェザータッチで期待を高めたりもした。

(オッパイを可愛がる場合、焦らしがメインで乳首愛撫はデザート。そういう気持ちで臨むのが大事だからな)

育三郎は散々焦らしてから、指を乳暈の下の縁からゆっくりと乳首に向かってさすり上げ、ピンピンピンッと数回弾いた。

「ああっ！　あひっ！　あうぅううっ！」

恭子はもっともっとという感じで、胸をグイグイ反《そ》らしながら可愛い声を上げて身悶《みもだ》える。抱きかかえた背中は、ものすごく熱くなっていた。

（では、そろそろ……）

育三郎は、もっと乳首攻めの頻度《ひんど》を増やしていくことにした。乳頭を指の腹でスリスリと撫でたり、側面をクニュクニュと弄ったりしながら若妻の耳たぶをしゃぶった。

「乳首、気持ちいいねえ」

育三郎が囁くと、恭子は蕩《とろ》けたような声で一生懸命に返事をしてくれた。

「うんっ、気持ちいいでしゅ。ひっ、ひあぅ、ひゃうううっ」

特にインナーの上から、強めに掻《か》かれるのが弱いようで、逃げられないように抱えながら、カリカリカリカリ攻め続けた。

「きゃあん、あぁう、はぁ、あっ、あっ、あっ、あっ」

切羽《せっぱ》詰まった可愛らしい声が部屋中に響き渡り、恭子は強張《こわば》った身体をビクンビクンと身悶えさせた。

そうやって、心ゆくまで布越しにオッパイを攻めたあと、育三郎はクライアントに尋ねた。

「深山さん、胸部の性感開発マッサージを続けますか？　通常の場合、上半身は裸になっていただいて、リップ&ハンドのサービスになりますけど」

「旦那ちゃんだと、こんなにオッパイだけをずっと弄ってくれないし……」

思案する恭子に、ダメ押しの一言。

「開発を続けると、乳首だけでもイケるようになりますよ」

「本当ですか。だったら、是非お願いします」

承諾して恭子は、自らセーターとインナーを脱いだ。そしてセラピストに促《うなが》されベッドで仰向《あおむ》けになった。育三郎はレギンス姿の恭子に、正常位の格好で覆《おお》い被《かぶ》さった。

そしてレギンス越しの淫裂部分に、ズボン越しであるがハードボイルドソーセージの裏側を密着させた。

すると男のシンボルは、さっきまでのねっとりした乳首攻めで、ビショビショになっているショーツの湿気を感じた。

いいねとばかりに、PC筋を使って密着している花園をノックすると、すかさず恭子が育三郎の尻に両足を絡《から》めてきた。たぶん感じすぎて下半身がだるくなっており、太ももで男の腰を圧迫していないと落ち着かないのだろう。

「両手は頭の後ろで組んで、最初のうちは目を閉じてください。視覚を遮断した方が、性感はアップしますからね」

そう言って育三郎は、スケベ視線で若妻の巨乳を観察する。若さゆえだろうか、仰向けなのに乳房は左右に流れず丸い形を保っている。

しかも単に大きいだけでなく、ぷっくり膨らんだミルクティー色の乳暈やツンと上向きにしこっている乳首から、メスのフェロモンが溢《あふ》れ出ているエロ乳だった。

「なるべく、気持ちよさからは逃げないでくださいね。それと、もしもクリトリスでイキそうになったら、報告してください」

「どうしてですか？」

「オーガズムの寸前で止めると、乳首の感度開発がしやすいんですよ」

薄布越し愛撫での豊かな反応からすると、乳首イキまではあと一歩という感じがしていた。

「わかりました」

「それでは、始めます」

育三郎は宣言して、脇から寄せるように両乳房を摑《つか》んだ。真っ白くて丸い巨乳に、無骨な指が食い込む様子がじつに卑猥《ひわい》である。

指を広げ優しくフワフワ揉んでいたら、ピンピンになりすぎた乳首が痛そうに見える。だから、パクッと乳暈ごと咥えた。

その瞬間、恭子は「んあっ」と大きな声を出しつつ息を呑み込んだ。

育三郎はヌルヌルの舌でしこった乳首をたっぷり舐め転がしてから、チューチュー吸った。もう片方は揉みながら、乳頭を指先でコシュコシュ擦った。

「ふぅううん、ああっ、はあぁあ～」

恭子は背中を反らして熱い息を吐き、もっと続けてほしいとばかりにおねだりした。さらに、秘所を男根に擦りつけながら身悶えていた。尻に絡めていた両脚を解き、シーツに足の裏を付け踏ん張って少し腰を浮かせた。

ならば快感をグレードアップさせてあげようと、育三郎は腰をヴァイブレーションさせた。

「うううふぅうん、しゅごいしゅごい、しゅごく気持ちいいいいっ」

恭子は甘えた声色で、三種のミックス快感に悶え続ける。

今まであまり刺激されていなかったクリトリスは、亀頭に圧迫されながら微振動を味わい、片方の乳暈と乳首はたっぷりの唾液《だえき》にまみれた舌で舐められ、もう片方の乳暈と乳首は数本の指で弄《もてあそ》ばれているのだった。

それから、飽きないようにと単発の愛撫に切り替える。乳首を舌でペロペロすると「はぅあああっ」、チューチュー吸うと「ひぃいいっ」、指でコシュコシュ弄ると「うぐぐぐっ」。

腰のヴァイブレーションで生じる、裏スジ経由の陰核《いんかく》刺激の場合には「くぅおおおおおっ」。可愛がる方法や部位の違いで、喘ぎの音色が変化するのが興味深かった。

次にしゃぶっていた乳首から口を離し、もう片方をパックンチョ&ペロペロ&チューチューしつつ、唾液でふやけた方の乳首は指でコネコネ。もちろん、腰のヴァイブレーション刺激もミックスした。

「気持ちよすぎておかしくなっちゃう、ぅうっ、くぅうううっ、はぁん、オッパイを可愛がられているだけなのにぃいいい」

恭子の快感報告を聞きながら、育三郎は乳首を唇で押し潰したりしごいたり、チロチロ舌先だけで舐めたりしつつ、乳房をずっとヤワヤワ揉み腰をクネクネと揺らしていた。

すると、ついに恭子は太ももをビクビク不規則に痙攣させ、切羽詰まった声を出し始めた。

「もう、オッパイだけじゃなくて、身体全体がフワフワのフニャンフニャンになってますぅううう。あっ、イキそう。あっあっあっあっ、あううー」

絶頂が近いことを知った育三郎は、腰のヴァイブレーションを止めオッパイ攻めに集中した。クリトリスへの刺激よりも、乳首快感をメインにしてオーガズムを味わってもらうのだ。

そのためには寸止めという手法が重要なので、乳首をクニュクニュと舌で弄びつつ、もう片方の乳首も指でカリカリと掻く。快感が下がってきたら腰のヴァイブ刺激で感度をアップさせ、昇り詰める寸前にまた止める。

段階的にクリトリスの気持ちよさを連動させることで、乳首の感度をアップさせていく目論見だった。

「あっ、ううんっ、あううぅ、いやんいやぁあああん」

恭子は気持ちいいけれど、イクことはできない寸止めの感覚に、オッパイを揉まれながら身悶えている。ときおり、腰が震えるのが愛らしい。恭子が陰部を押しつけてきても、育三郎は腰を引いて密着させなかった。

そうやって七、八回くらいおあずけを続けたが、まだ乳首だけではオーガズムに到達できないようだった。

（ううむ、別の手を考えるか……）

育三郎が諦《あきら》めかけると、恭子が戸惑い混じりの驚きと愛撫の継続を訴えた。

「あっ、あれ？　そのまま、つっ……続けて、お願いっ」

「わかった、こうだね」

育三郎は、恭子の左右の乳頭を爪でカリカリ掻き続けた。

「っつ！　…あっ、もうイキそう。あっ、イッちゃう、イクイクイクイクイクゥ」

恭子は急に白い喉《のど》を見せ、胸を反らしたまま硬直した。女性器部分は育三郎の股間と密着していないので、どうやら乳首だけでオーガズムに達することができたようだ。

しばらくして、熱い息を吐き出し恭子は呟いた。

「はぁあああ。うそぉおん、本当にオッパイだけでイッちゃった」

若妻の色白の肌は汗ばみ、耳や首元は桜色に紅潮して、身体から力が抜けてぐったりとしていた。何故か乳首だけが、フルフル痙攣していて可愛い。

「すごかった。頭の中が、快感で沸騰《ふっとう》して真っ白になったの」

恭子は、たった今得たオーガズムの感覚を語り育三郎は補足した。

「なるほど、面白いですね。乳首の甘い痺《しび》れが、脳天に突き抜ける感じと表現する人もいますよ」

「あっ。うんうん、わかるぅ」

「ちなみに、乳首だと連続イキが可能ですけど挑戦してみますか？」

「それもいいけど……あの、沼袋さん。乳首でいっぱい感じると、下の方がムズムズするのはどうして？　イッたら治まるかと思ったら、全然で……」

「性感はたいてい繋《つな》がってますから、より気持ちいい刺激を求めるというか、皆さんそうなるようですよ。もしよかったら、下の方もマッサージしましょうか。クンニリングスは、お嫌いですか？」

「すすす、好きです。旦那ちゃんは、ちょっとだけしかしてくれないっていうか、濡れてるってわかったら止めちゃうから。でもものすごく気持ちいいから、ずっとイクまでされてみたいって思っていたんです」

「では、たっぷりクンニをさせていただきます」

そう言って育三郎は恭子のレギンスと、その下に穿いていたピンクでシームレスのTバックパンティを脱がせた。

3

（けっこう下ツキだから、このままじゃ舐めにくいな）

育三郎は恭子の尻の下に、枕を敷いてクンニリングスをすることにした。若妻の両脚をM字に開いてまず目に飛び込んできたのは、真っ白い太ももとふっくらしたビーナスの丘に密生する濃い目の陰毛であった。

まったく縮れておらず、しっとりしたストレートの黒髪のような質感で、逆立《さかだ》って炎のような形になっている。どこか幼さが残る顔とのギャップがありまくりで、とてつもなくエロい。

さらに、視線を下げて花園全体を観察する。ワレメ全体が長めで、大陰唇《だいいんしん》や肛門周辺のIラインやOラインは、エステで処理済みなのか無毛状態になっていた。

小陰唇が閉じているので、会陰《えいん》部はまだ見えない。だがオッパイ愛撫の効果によって、秘所全体が愛液でテラテラ光っていた。

そして、陰核は大豆《だいず》くらいの大きさに膨らんでいた。フードに包まれているのは上半分だけで、下の方は剝《む》けて綺麗なピンク真珠が顔を出している。

（さてどうやって舐めようか……）

育三郎は思案しつつ、左の内ももから大陰唇を舐め上げ、クリ包皮を通って右の大陰唇や内ももを可愛がる。そして、同様の段取りで右から左へを何回か繰り返した。

「うふぅーん」

恭子は甘ったるい息を吐き出しながら、淫裂の始まりのところを引っ張って陰核包皮を剝いた。

（おっ。これは焦れったいから、さっさと直接舐めろってことだな）

たぶん恭子は、普段の自慰でも剝き出し部分を直接弄る方が感じる。もしくは、その段階まで身体のウォーミングアップが済んでいるのだろう。

（ではでは、お望み通りに……）

まずはたっぷりの唾液にまみれさせた舌先で、完全に剝き出しになったピンク真珠の下側、時計に喩《たと》えるなら六時の部分をペロリペロリと舐めた。スローなペースで、数ミリくらいの動きだった。恭子は途端に声を震わせ始めた。

「う、うう、うあああっ」

くぐもった呻きが、次第に大きくはっきりした喘ぎに変化した。次に育三郎は、陰核の三時と九時のところに舌を這わせて可愛がった。

「き、気持ちいい、あっ、ふっ、ふおおっ」

若妻の喘ぎを聞きながら、育三郎はさらに十二時の方向を愛撫した。舌先で包皮の奥をほじくりながら、舌の裏側でクリ上部表面をくすぐったのだ。

「どうしよう、すごく気持ちっ、ひぃいいいっ」

恭子は太ももを痙攣させて身悶えるが、育三郎にとってはまだまだ小手調べの段階である。

今一度、花園から顔を離して仕切り直し。左右の大陰唇を指でくつろげると、濡れた花弁が開いた。クリトリスに熱い息を吹きかけたら、肉厚な小陰唇がヒラヒラと揺れた。

会陰部を眺《なが》めていたら、陰核からはそこそこ距離があるけれど、尿道口と膣口《ちつぐち》と肛門は比較的密集しているとわかった。

「深山さん、もっと気持ちよくしてあげますからね」

育三郎は宣言して、舌の広くて平たい中腹部分を女蜜《にょみつ》まみれの膣口に付け、ゆっくり会陰部を舐め上げていった。クリトリスに到達したら、十数秒くらい舌を震わせ、帰り道は裏側を遣《つか》って舐め下がっていく。

「いやぁあああん、いぃいいいのぉおおお」

恭子は次第に脱力して、育三郎の舌をじっくり味わっていた。スローでロングストロークな、上下の動きがたまらないらしい。

「沼袋さん。あ、あの、あの、足を伸ばしてもいいでしゅか？」

「もちろん、リラックスしてください」

育三郎は答え、幼児言葉混じりでの質問をキュートに感じた。そして、恭子が自慰をするときは、両脚をピンッと伸ばしてフィニッシュを迎えるタイプだと推察した。

「膣内を、性感検査してもかまいませんか？」

育三郎が訊くと、恭子は最もくつろいだ格好で頷いた。

「あの、優しくしてくだしゃい」

許可を得た育三郎は、蜜まみれになっているヴァギナの入り口に、そっと中指をあてがう。ゆっくり押していったら「あっ、はぁあああん」という甘い喘ぎと同時に指が膣内にめり込んでいった。

ファーストコンタクトでは、膣口がキュッと締まる場合が多いのだが、恭子はいきむことで感じるタイプ、もしくはまだ締め方がよくわからないのかもしれない。

　とりあえず、中指で膣壁の腹側部分を優しく撫でながら奥へ進んだ。だが途中にあるGスポットを押しても、もっと奥のポルチオを揺すって弾ませても反応はなかった。

（うーむ。入り口が少し感じる程度で、膣内は未開発状態だな）

　育三郎は、中指をGスポットまで戻し少しずつ圧力を加えていった。そうしながら、再びクリトリスに舌を這わせた。まずは舌の中腹、幅広い部分を押しつけた。

（とりあえず、クンニでイカせてあげないとな……）

　そして舌の力を抜き、柔らかい舌を面で当てながら、一定のリズムで舐め続けた。途中で緩急《かんきゅう》など付けず、舌先を尖《とが》らせたり、舐めるスピードを変えたりもしない。

　最初から最後まで舌は柔らかいまま、一定のスピードで舐め続ける方がイキやすいのだ。ある意味、クンニとは忍耐なのである。

「ふぁあああ、イキそうになってきた……」

　恭子は絶頂の兆《きざ》しを告げるが、育三郎はここから先も舌のリズムとスピードはもちろん、Gスポットの圧迫具合も変化させずに粛々《しゅくしゅく》とクンニを続けた。

何故ならば「イキそう」から「イク」までには、たいてい数十秒から数分のタイムラグがあるからだ。ちなみにこれは、若手セラピストたち相手の講習会で最初に教える事項である。

「あっ……。イッ、くぅうううっ」

恭子は、オーガズムに達して両脚を突っ張らせた。そして、育三郎が舌と指の動きを続けていたら疑問を口にした。

「あれっ？　どうして？　イッたあとはクリが敏感になって、もうさわりたくないってなるはずなのに？　自分でするときだと一回で満腹なのに……？」

まだまだイケそうだと不思議がった。

「指じゃなくて、舌だと静かで優しいタッチだから？　もしかして中に指が入っているから、中イキしたってこと？」

矢継《やつ》ぎ早《ばや》に訊かれ、育三郎は陰核から舌を離した。

「そうかもしれませんね」

Gスポットを圧迫しながら、陰核を穏やかなペースで舐めると、連続イキが可能になることが多い。もちろん、全員がそうなるわけではないが。

おそらく恭子の場合、自慰のときは剝きクリを激しく擦るから、一回で粘膜が敏感になってしまうのだろう。

「クリイキは頭の中が真っ白になって、電気が走るような気持ちよさ。Gスポットでイクときは、身体の深いところから全身にわっと気持ちよさが溢れるらしいですけど……」

「今のは、溢れる感じかも」

「では、きっとGスポットオーガズムですね」

中指で押さえているGスポット部分が、さっきよりも膨らみを増していた。

最近の研究では、Gスポットは体内に埋《う》まっているクリトリスの足、もしくは根の部分という説が有力だった。

だとすれば女性によって有無の違いがあるわけではなく、気持ちよくなると膨らむ器官だと育三郎は認識していた。

なので外と中の両側からクリトリスを愛撫してイッたというのが正解だが、そんな理屈を教えるよりも恭子の膣内快感を、もっとアップロードさせてあげたかった。

育三郎が中指を微振動させると、恭子は眉根を寄せて呻いた。

「あう、あう、あうううっ。しゅ、しゅごくブルブルしてるぅうう」

「気持ちいいですか？　ここがＧスポットですよ」

「は、はい、いいぃいです。ふっ、わたしにも、あったんでしゅね」

「快感を忘れないうちに、Ｇスポットも開発しますか？　クリ舐めとミックスすれば、たぶんもう一回くらいイケますよ」

「おふっ、お、お願いしましゅ」

「それでは」

育三郎は、中指の微振動を続けながら、もう片方の手で陰核包皮を剝いた。そして、露《あら》わになった淫《みだ》ら豆《まめ》を舌の横移動で嬲《なぶ》った。すなわち、車のワイパーみたいにスライドさせるのだ。

「ひゃうぅううう。舌だと、指よりもソフトなのがたまらないでしゅ」

恭子の感想を聞いたあと、クリとＧのミックスとＧスポットの微振動だけの愛撫を交互に繰り返した。ミックス愛撫だとすぐにオーガズムの兆しが来るようだが、Ｇスポットを可愛がるだけだと焦れったい様子だった。

（膣内だけを刺激してイクには、まだまだ時間がかかりそうだな……）

そう結論付け、育三郎は陰核から舌を離し宣言した。

「では指だと絶対に不可能な、クリトリスの快感を味わってください」

そして中指の微振動はそのまま、包皮ごと陰核に吸い付いて、トロトロの唾液まみれの口腔内でピンク真珠を舐め転がす愛撫を施《ほどこ》した。

「こ、これ好き、一番好きかも。ほああ、しゅごい、また来たっ……。あっ、イッ、くぅううう」

恭子は喘ぎつつ、オーガズムの快感に集中した。

4

育三郎は、ミックス愛撫でイカせたあともGスポットの微振動を続けた。すると恭子は、上体を起こし育三郎に懇願した。

「イッちゃったのに……。イッちゃったのに、もうセックスがしたいでしゅ」

「セックスは施術《せじゅつ》ではなく、自由恋愛の領域に入りますがよろしいですか。もちろんお客様が満足するまで、頑張らせていただくつもりですが」

育三郎は、初回の相手と挿入行為をする場合の御題目をゆっくり唱えながら服を脱ぎ、ズボンのポケットに用意してあるコンドームを隆々《りゅうりゅう》と勃起したオスの欲望器官に装着する。

「な、なんでもいいから、早く、早く入れてほしいでしゅ」

「わかりました」

育三郎は正常位のポジションで、伸ばしていた恭子の両脚をM字に開いてペニスをヴァギナにあてがった。腰枕をしたままなので、とても挿入しやすい。

そのうえクンニと手マンによるオーガズムで、ヴァギナ内部は充分にほぐれていた。ほんの少し腰を前に進めるだけで、亀頭がヌルヌルした柔らかい膣肉にめり込んでいく。ほどなく、ヌルリと根元までペニスが埋まった。

「痛くないですか？」

育三郎が訊くと、質問とは関係ない答えが返ってきた。

「しゅごい、こんなに奥まで入るなんて」

恭子が感激しているので、育三郎は説明した。

「腰枕のおかげですよ」

「何でお尻の下に枕って思ったけど、こんなにすごい効果があるなんて」

どうやら夫婦の営みでは、腰枕を試したことがなかったようだ。それから育三郎は、性器同士がフィットするまでじっとしていた。

「えっと、動かないんですか？」

恭子が不思議そうな表情で訊くので、育三郎はＰＣ筋を使って肉竿をビクンビクンと揺らした。

「こんなふうに、ですか？」

「あん。わたしの中で、ウーパーくんが動いてましゅ」

「気持ちいいですか？」

「お、奥、奥が気持ちいいでしゅ」

ならばと育三郎は、二人の恥骨《ちこつ》が離れないように注意しながら、少しだけ腰をユラユラ揺らした。

「うふぅうん、いい気持ち。沼袋さんは、気持ちいいですか？」

「もちろんです。深山さんの膣は、けっこうな名器って感じですから」

少々誇張《こちょう》した言い方だが、たいていの女性はコンプレックスを抱えているので、性器を褒《ほ》めることは重要なのだ。

実際、オーガズムを経たあとの若妻のヴァギナ内部は、フワフワしたヒダがヒクヒク蠢《うごめ》いて、亀頭や竿部分に絡みつく感じがたまらない。それを伝えると、恭子は素直に喜んだ。

「沼袋さんみたいに、経験豊富な人に言われると嬉しいな。でもわたし、男の人は激しくピストン運動をしないと、気持ちよくないのかと思ってました」

おそらく、夫のセックスがそうなのであろう。性交痛を気遣いもせず、妻の性器をオナホのように扱い、射精へ一直線というパターンだ。

「最初から激しくすると、お互いの淡い快感がわからなくなりますからね。Gスポットやポルチオの刺激による、いわゆる中イキができるようになるためには、小さな気持ちよさを逃さないことが大切なんです」

「わたしも、中イキができるようになりたいでしゅ」

恭子は、切実な表情で訴える。

以前、夫婦のセックスでイク振りが当たり前になっていて、今更《いまさら》オーガズムに達していないとは告白できない。なので夫の雑なセックスに合わせてイケるように、膣快感を開発してほしいという人妻の依頼を受けたことがあった。きっと恭子も、似たような願いなのだろうから、同じパターンの施術をしてみようと思った。

ただ、その開発には時間がかかる。一回や二回のセックスではたどり着ける領域ではなく、ディルドを使った自慰も必要なのだ。

とりあえず毎回、膣内性感がアップロードされていることを自覚させれば、確実に中イキできるまでリピートしてくれるはずである。

「大丈夫です。深山さんは、性感が豊かで才能がありますから、確実に自在に中イキできるようになれますよ」

育三郎はそう言って、ペニスを奥まで入れたまま腰をユラユラさせるのみならず、屈曲位《くつきよくい》でGスポットを撫でるようにしたり、膣口を集中的に刺激する亀頭の出し入れで快感をチェックした。

「ひゃあぁああん、気持ちいいでしゅ」

恭子はよがるものの、クンニや手マンのとき同様、膣内快感だけではオーガズムを得られそうになかった。

だができることなら、セックスをしながらイカせてあげたい。方法はいくつかあるが、自慰の方法などを鑑みて一番確実なものを選択した。それは、締《し》め小股《こまた》と呼ばれる足ピン正常位である。

まずは、繋がったまま恭子に両脚を真っ直ぐ伸ばしてもらった。そして、育三郎は恭子の脚を跨《また》ぐ格好になった。

「深山さん。太ももを、ギュッて閉じてください」

「うん」

「それで、こうすれば……」

育三郎がピストン運動を始めると、恭子は彼の背中に手を回しギュッと抱きしめてきた。

「うああ、しゅごいいいっ。クリと中のすごくいい所に擦れて、しかも足を伸ばしていられるなんて最高でしゅ」

「よかった。じゃあ、続けますね」

この体位だと、男のシンボルは浅い場所にしか届かない。えぐるようにピストン運動をすれば、包皮ごとクリトリスを巻き込み、膣口とGスポットを集中的に刺激できるのだ。

（このまま続ければ、おそらくイケるはずなんだが……）

クリと膣口とGのミックス快感だが、ペニスを膣内に入れた状態なので、一応は中イキと呼んでも差し支えないだろう。

「あふぅん。沼袋さん、チューーして」

恭子は熱い吐息混じりの声で言い、唇を開いて赤い舌を突き出してきた。そして育三郎が応じた途端、互いの舌がねっとり絡まった。熱烈で濃厚な接吻《せっぷん》をしながら、育三郎は腰を動かし続ける。

（っしゃー、良い兆候《ちょうこう》だ）

育三郎は心の中でガッツポーズ。何故ならばキスを求めるクライアントは、高確率でリピートしてくれるからだ。

「イキそう、もうすぐイッちゃう。やあぁ、沼袋さん。一緒にイキたいぃん」

急に恭子は舌と唇を離し、育三郎を見つめてロマンティックなおねだりをした。たいていの場合、中イキ初心者はセックスで男女同時イキを望むのだ。理由を訊くと、自分だけ気《き》を遣《や》るのが恥ずかしいそうだ。

乳首やクリ&Gのミックスで数回イッた恭子だが、やはりセックスでは独りでオーガズムに達したくないのかもしれない。

ちなみにベテラン女性だと、男女同時イキには拘《こだわ》らない。男が射精すると、賢《けん》者《じゃ》タイムになるし復活に時間がかかるからだ。むしろ女性側が中イキを連続で楽しんでから、射精してもらいたいと思っている。

そして育三郎は、自分が気持ちよくなるためにセックスをしているわけではない。セラピストの仕事なので、クライアントをイカせ、依存させることが目的なのだ。

もちろん射精する必要がない場合もあるが、今はクライアントが切実に望んでいる。育三郎がイカなければ、きっと恭子は自分のせいだと思うだろう。もしかしたら、女性器の性能や女性としての魅力に、自信が持てなくなるかもしれない。

（遅漏《ちろう》モード、オフ！）

育三郎は自由自在にイケる方法を、AV男優時代に会得《えとく》しているのだった。当時は監督の合図があるまで持続させて、GOと言われたら一分以内に射精できないと次の仕事を貰えなかったからだ。

そうした経験を繰り返したのちに、オーガズムをコントロールできるようになった。もちろん突然の射精感に見舞われ、粗相《そそう》することもあったが。

（射精スイッチ、オン！）

亀頭が、温かいゼリーみたいな膣肉に浸《ひた》って心地いい。膣口のキュンキュン締まりが頻繁《ひんぱん》になっており、抜き差しのたびにカリ首の段差が刺激される。

さらに太ももの圧力で肉竿がしごかれるのがたまらなく、たちまち射精感がこみ上げてきた。

「深山さん、一緒にイキましょう。もう我慢できない、出ちゃいそうだ」

育三郎が告げると、巨乳若妻は恍惚《こうこつ》の表情で承知した。

「いいでしゅよ。いっぱい出して、あうう、イクイクイクッ」

「おううう、出る出る出るぅぉおおおっ」

育三郎は、ドクドク精液を注《そそ》ぎながらピストン運動を続けた。愛液が増しヴァギナ内部の粘《ねば》り気《け》が増しているのか、繋がっている部分からズッチュ、ズッチュという淫音《いんおん》が聞こえてきた。

「ぅうう、うっ、うっ、ぅううっ」

恭子は、身体中を痙攣させながら呻いた。フワフワのヒダが、敏感になっている亀頭をくすぐり続けるので、育三郎は悶絶《もんぜつ》しそうになるほど気持ちいい。

(俺が気持ちよくなるためにセックスをしているわけじゃないけど、クライアントをイカせながらの射精はたまらねえ。やっぱり、この仕事は最高だな)

そんなことを思いつつ、育三郎はセックスの余韻《よいん》に浸った。

第二章　筋トレとオーガズムの関係

1

適度に日焼けした無毛の女性器は、アンポ柿に少し似ていた。育三郎は正座《せいざ》をして、仰向《あおむ》けになって膝を立て大きく足を開いたクライアントの花園を見ている。もちろん二人とも全裸で、シティホテルのベッドの上だった。シャワーを浴びた後に会話をしながら、乳首や淫裂には触れない焦《じ》らし系の性感マッサージをしていた。

本日のクライアントは、三十五歳の安井《やすい》あずさ。ビューティフィットネスというボディメイク競技の選手である。

茶髪のロングヘアーで、パッチリした目と口角が上がった笑顔がとても魅力的だった。顔の造作はやや地味で、女性誌の読者モデルレベルである。

だが化粧上手《けしょうじょうず》なうえに、自信に満ち溢《みあふ》れた表情とバランスのとれたプロポーションが相まって、キラキラした美人という印象だった。

バストは推定Bカップのお椀型美乳で、くびれたウエストと見事に割れたシックスパックの腹筋が麗《うるわ》しい。

そして全体的に、脂肪《しぼう》を絞《しぼ》りきったナイスバディなのだ。ムッチリした太ももと、上向きの尻もほぼ筋肉だった。だが、ゴツゴツしているわけではない。肌質もきめ細かく、しなやかでさわり心地《ごこち》は抜群だった。

おそらくビューティフィットネスというボディメイク競技が、ボディビル的な筋肉の大きさよりも、全体のバランスと女性らしい身体を重視するからだろう。

そしてあずさは、育三郎の雇い主であるカリスマ占い師・上川名ナオミのパーソナルトレーナーもしていた。

さらに、ナオミが運営する女性向け風俗の常連でもある。なんでも数カ月もの間、筋トレとダイエットで身体を絞る禁欲生活を送っていると、大会後は食欲や性欲が爆発するのだそうだ。

「特に食欲の方だけタガが外れてしまうと、減量した以上に体重が増えて次の減量がよりつらくなるの。でもナオミさんに女性向け風俗のことを教えてもらってからは、食欲を性欲に置き換えることができたのよ。それに減量が一番きつくなる大会直前に利用すると、色気が増すみたいだしね」

あずさの言葉を聞きながら、育三郎は彼女のスベスベした内もものスロープに指を滑《すべ》らせた。膝から股の付け根まで、ゆっくり撫《な》でてまた戻るという往復運動を何度か繰り返す。

「なるほど、効果抜群なんですね。でも男のボクサーは試合前、オナニーもセックスも禁止らしいって聞きますけどね。ボディメイク系の競技は、大丈夫なんですか？」

「射精は賢者《けんじゃ》タイムもあるし、テストステロンが減るから禁止なんじゃないかな。だけど男性でも、メスイキは筋トレに有効らしいわよ」

「えっ、そうなんですか」

育三郎はあずさの口から、メスイキという用語が飛び出したことに驚いた。

「うん。つまりドライオーガズムだと、テストステロンが減らないってことみたい。男性はセックスでの寸止《すんど》めかメスイキ、女の場合はイキまくりでも全然オッケーなの」

「なるほど、勉強になります」

言いながら育三郎は、ふっくらした大陰唇をくつろげた。すると、皮に包まれ膨張《ぼうちょう》したクリトリスと充血した小陰唇、膣口からトロトロと溢れた蜜液がアヌス方向へこぼれるのが見えた。

お喋《しゃべ》りをしながらの焦らし性感マッサージで、あずさの身体はしっかりエロスモードに整いつつあるようだ。

「ねえ、そろそろ味わいたいな」

クライアントの呟《つぶや》きに、セラピストは質問した。

「何をですか？」

「中に指を入れてもらいたいの。だって、沼袋さんの指技は絶対に真似ができないくらい凄《すご》いって、私がリピートしてる若い子たちが言ってたのよ」

あずさは、イケメンと巨根の若手セラピストを指名していた。彼らが皆、育三郎に前戯からセックス全般、特にクンニや指技を習っていることを知って、興味を持ったそうだ。

「なるほど、アレのことですか」

育三郎には、思い当たる節《ふし》があった。昭和の終わりの頃に彗星《すいせい》の如《ごと》く現れ、日本における性感マッサージの始祖といわれる、ドクターA氏のAVを何度も観て研究を続け、ハメ撮り監督のときに実践し完成させた指技の一つだ。

それを若手向けの講習会で披露《ひろう》したら、献体《けんたい》女性が狂喜乱舞《きょうきらんぶ》したのだった。

「ちょっと、どういうふうにするのか体験したいのよ」

「いきなり指を入れても大丈夫ですか？」

「フェザータッチの焦らしマッサージで、準備オッケーになってるわ」

「でも女性の膣内は、本当に人それぞれ感じるポイントも方法も全然違いますから、講習会のときの女性と同じ愛撫方法が効果的とは限りませんよ。それでもよろしいですか？」

育三郎が訊くと、あずさは頷《うなず》いた。

「ではさっそく、味わってもらいましょうかね」

濡れそぼる膣口に、中指をあてがった。ほんの少し力を入れるだけで、指はヌルリと膣内に入っていく。

「痛くないですか？」

「ええ、大丈夫」

「ううむ、なるほど」

育三郎は膣壁の天井部分、すなわち腹側を辿《たど》ってGスポットを探った。指は柔《やわ》らかい膣肉と、しっとりフワフワのヒダに包まれる。

講習会のときの女性は、わかりやすく盛り上がったGスポットだったが、あずさの場合はそれらしき場所が見つからなかった。もっと感じてくれれば出現するのか、もしくはスポットというよりゾーンみたいなタイプなのかもしれない。

「講習会で献体になってくれた女性は、クリ舐《な》めプラスGスポットの圧迫が好きでしてね。一回イッたあとは、クリトリスが敏感になって舐められないので、こうしたんですよ」

「えっ、ローターを入れたの？」

「いえいえ」

中指を微振動させているのだった。

「なるほど、人それぞれかあ。本当ね、私の場合ブルブルされても、あんまり気持ちよくないかも。それと私は、外と中を同時に愛撫されるよりも別々の方が好きだな。両方いっぺんにだと、どっちの快感に集中したらいいのかわからなくなるし。うん、やっぱり最初はクリだけを舐められたい。だってその方が中もいっぱい濡れて、手マンでもセックスでも気持ちよくなれるから」

「いいですね。では、そういう段取りでクンニと手マンをしますか」

育三郎は言って、まずは足の付け根からビーナスの丘、左右の大陰唇を丁寧《ていねい》に舐めた。それから大小の陰唇の隙間をなぞり、小陰唇をしゃぶり、蟻《あり》の門渡《とわた》りから膣、尿道口、陰核寸前までを舐め上げていった。

「いきなり舐めないのは、さすがね。すごく期待が高まってきたもの」

焦らしは高評価である。

「ありがとうございます。最初からする気はないですけど、クリトリスは皮を剝《む》いて舐めても大丈夫なタイプですか？」

「うん。ある程度気持ちよくなってきたら、剝いて舐められる方が好き」

「了解です」

陰核の取り扱いがわかったので、最初は包皮の上から平たくした柔らかい舌でそっと押さえた。じっとして動かさずに、舌と敏感なボタンを馴染《なじ》ませるのが目的である。

しばらくすると、あずさの方から陰部を押し付けてきたので、口でハムッと淫裂を包みクリトリスや尿道口周辺をねっとり舐める。すると、下腹がピクピクし始めているのが見えたから、そろそろ頃合いだと感じた。

あずさの陰核は、剝かないと完全に隠れたままのタイプである。育三郎は淫裂の始まりに指を添え、クリトリスフードを優しく引っ張った。

「痛くなかったですか？」

育三郎が訊くとあずさは上機嫌で答えた。

「平気。今はいっぱい舐めてほしくて、ワクワクしてる」

育三郎は無言で微笑《ほほえ》み、たっぷりの唾液《だえき》にまみれた舌先をピンク真珠の底面に近づけた。男における裏スジのように、たいていの女性はこの部分が感じるからだ。まずはコチョコチョと、くすぐる感じで数秒舐めてから声をかけた。

「痛くないですか？」

この問いかけは、さまざまな部位を愛撫するごとに、しつこいほど繰り返すとにしている。ちなみに「気持ちいいですか？」と訊くのはご法度である。女性たちは、相手を気遣い「気持ちよくない」とは言いにくいからだ。

「全然。とても、いい感じみたい」

あずさの返事を受け、育三郎は舌先を小刻みに動かし、剝けた淫《みだ》ら豆《まめ》を可愛がった。

「き、気持ちいい。うっ、ふううう、あっ、くふっ」

あずさは、快感を訴える。しかも下腹の筋肉を硬くさせたので、このまま同じリズムと強さで舐めることにした。しばらく続けると、あずさは両脚をより大きく開き、ときおり太ももを痙攣《けいれん》させた。

「あんんっ、イキそうになってきた」

あずさが言うので、育三郎は舌先が硬くなりすぎないように注意しながらクリトリスを舐め続けた。すると、次第に太ももの痙攣が頻繁《ひんぱん》になってオーガズムの瞬間が訪れた。

「イクッ」

叫ぶと同時にあずさは潮を吹き、育三郎の顎《あご》をジュワッと濡らした。潮がスキーン腺から出たのか、尿道からなのかはよくわからなかった。そして、もしかしたら連続イキができるタイプかもしれないので、剝きクリを舐め続けた。

「ううっ。気持ちよすぎて、ちょっとつらいかも……」

陰核は、射精直後の亀頭みたいに敏感になっているらしい。なので、剝いた皮を元に戻した。そしてワレメの始まりから、筒状に膨《ふく》らんでいる部分を指で撫でつつ訊いた。

「さて、クリでイッたから、次は手マンをしましょうか。そういえば安井さんは、中イキもできるんですか？」

「一応ね」

「もしかして、オナニーではイクけどセックスではイッたことがないとか？」

育三郎は、潤《うるお》いつつもまだ閉じている膣口に指をあてがい、クルクルと小さな円を描いて解《ほぐ》していった。

「はぁん、その通り。クリはともかく、手マンや挿入で私をイカせてくれた男は今までいないの。だから沼袋さんには、ちょっと期待してるんだ」

あずさの答えと共に、ヴァギナの入り口が柔らかくなったので、ニュルリと指を挿入した。柔らかい膣肉と、しっとりフワフワのヒダの感触はさっきと同じである。

「痛くないですか？」

育三郎が気遣いの言葉を言うと、あずさは無言で頷いた。膣壁の腹側部分を辿って、再びGスポットの場所を探ったが、明確に盛り上がっている部分は見つからなかった。

ちなみにポルチオも降りてきているが、今のところ揺らしてもまったく感じる様子はなかった。膣内の尻側や左右もクニクニ弄《いじ》ったけれど、やはり反応は薄かった。

「物凄く感じる場所があるんだけど、ちょっと違うみたい」

「やっぱり、お腹側ですかねえ」

膣奥から入り口近くまで、腹側の膣壁を撫でながら言うと、あずさは激しく反応した。

「うわっ。そ、それ気持ちいい」

「こ、これですか？」

育三郎は、訊きながら膣壁撫でを繰り返した。指は曲げずに手首を基点にしたスナップで、コチョコチョくすぐるようなタッチよりも、強めに擦《こす》るくらいの方が感じるみたいだった。

「つ、続けてっ……」

あずさは言って、思い切り股を開き太ももを痙攣させた。そして腹側の膣壁を、奥から入り口までを擦るほどに膣肉がうねった。

（なるほど、わかりにくいはずだ。スポットというより、Gゾーンって感じだし、力の加減や方向を間違うと見つけようがないかもしれない）

Gゾーン愛撫を続けると、ヴァギナの入り口は開いたまま、洞窟《どうくつ》全体が締まったり指を吸い込むように蠢《うごめ》いた。

(こりゃあ、すごい。セックスしたら、ムチャクチャ気持ちいいだろうな)

育三郎は、あずさがリピートしている若手セラピストの発言を思い出した。曰《いわ》く、名器すぎて早漏になってしまうそうだ。彼の場合、若さゆえにインターバルが短いし、時には性欲を溜め、抜かずの三発で何とか対応したそうだが、それでもあずさがオーガズムに達する前に果ててしまったそうだ。

しばらくするとあずさは、深めの腹式呼吸を始めた。

「すぅううう、ふぅううう」

大きく鼻から息を吸いながら腹を膨らませ、口から吐くときキュウッと締めた。そしてそのまま、細かく呼吸。シックスパックの腹筋はもちろんクッキリしており、特に臍下三寸《へそしたさんずん》の丹田《たんでん》辺りの筋肉に力を入れていた。

膣肉のうねりと締まりと吸い込みがパワーアップするのみならず、指を追い出す動きも加わった。

「ヤバいヤバい、初めて手マンでイキそうになってる。私、自分でもどこがGスポットか、はっきりわからないのにメチャメチャ感じる。沼袋さんはどうしてわかるのぉ」

「せっかくですから、イッたあとに説明しますよ。まずは、存分に気持ちよくなってください」

育三郎は言って、もう片方の手を使いあずさの下腹を押さえた。もちろん、身体の外側からポルチオを刺激するためである。

「あっ、そこを強く押さえられるのも好きぃ」

最初に膣内探検をしたときは、ポルチオをさわっても無反応だったが、Gゾーンでイク直前の今は快感がリンクしているらしい。

（ってことは、ペニスを挿入してグリグリすれば、ポルチオイキの可能性もあるってことだよな）

そう思いつつ育三郎が下腹をグイグイ押すと、あずさは内ももを痙攣させながらオーガズムに達した。

「来た来た来た、うぐぐ、いぐぅううう」

クリイキのときと同じように、やはりジュワッと潮を吹いた。指は追い出されて、第一関節くらいまでしか埋まっていなかった。

それから育三郎はクリ舐めと手マンを繰り返し、合計四回オーガズムをあずさに味わってもらい休憩した。

2

育三郎はフェザータッチで、オーガズムの余韻《よいん》に浸《ひた》るあずさの身体を撫でながら質問した。

「あの、素朴《そぼく》な疑問なんですが……。いったい今までどうやって、中イキしていたんですか？」

Gスポットの場所はわからないし、手マンでイクのも初めてということは、自分の指やディルドでのオナニーで中イキしたわけではなさそうである。セックスでもイッてないそうだから、まったく見当がつかなかった。

「えっとね。最初は腹筋とか内もものトレーニングをしながらで、コツを覚えた今はノーハンドオナニーって感じかな」

「トレーニングとオナニーって、結びつくもんですか？」

「週に六回も筋トレしてるとね、飽きちゃうときもあるわけ。それでぼんやり彼氏とのエッチを思い出して、セクシーな気分になったりするのよ」

「腹筋や内ももを、鍛《きた》えながらですか？」

「そうなの。でね、両方とも下腹を圧迫するからヤバいのよ」

「あっ、なるほど。腹圧でポルチオを刺激しちゃうってことですね」

「当たり！　トレーニー女子は、腹筋で中イキってけっこう多いの」

「それにワイドスクワットやヒップスラストは骨盤底筋群《こつばんていきんぐん》も鍛えるから、トレーニー女子は名器になりやすいのかもしれないですね」

「名器って、よく言われるけど……」

あずさは困惑の表情になって育三郎を見つめた。

「セックスだと、私がイク前にイッちゃう男性ばっかりなのよ。まあ、若いイケメンをイカせるのも、可愛くて楽しいんだけどね。たまには私だって、とことん気持ちよくなってみたいっていうか」

若手が相手のときは、擬似恋愛テイストが入るのかもしれない。だがあずさは、性感と性の問題解決、ステップアップなどの案件に特化した育三郎向きのクライアントでもある。

「わかります。快楽というか、快感をもっと探求してみたいですよね」

「ふふふ、沼袋さんとのセックスが楽しみだわ。だって、挿入でも私をイカせてくれるんでしょう」

「まあ一応、そのつもりです」

言いながら育三郎は、枕の下に仕込んでおいたコンドームを取り出した。

「それは、使わなくても大丈夫」

「えっ、どうして？」

「ピルを呑んでいるし、ゴムの感触が好きじゃないの」

セラピストとしては、もちろんクライアントの希望を優先させる。

「なるほど、お好みの体位ってありますか？」

「やっぱり、最初は正常位がいいな」

「わかりました」

育三郎はゆっくり、正常位のポジションであずさに覆《おお》い被《かぶ》さった。

「うぁ、軽くイッたかも。すごく気持ちいい」

挿入の瞬間、あずさは戸惑い混じりのよがり声を漏らした。どうやら膣口でライトなオーガズムに達したらしい。

育三郎的には、痛くないか訊く手間が省けた。両膝をつき身体は前傾させ、両手はあずさの腕の外側に置いて体重をかけないようにした。既に亀頭は、熱くヌルヌルした洞窟にめり込んでいる。

　だから、腰を少し前方に進めるだけで、オスの欲望器官はズブズブとすべてメス器官の中に埋まっていった。育三郎は右手を伸ばし、あずさの頬《ほお》を優しく撫でつつ口を開いた。

「安井さんの中は、温かくてメチャクチャ気持ちいいですね」

　育三郎は膣奥まで陰茎《いんけい》を入れたまま、しばらく動かさず、じっとしていた。

「やっぱり最初はピストンしないのね。その方がお互いの性器が馴染んで、気持ちよくなれるからでしょう」

「正解です。まずは、淡《あわ》い快感を楽しみましょう」

　言いながら育三郎は、ＰＣ筋を使ってペニスをビクンビクンさせた。

「あっ、動いてる」

「ふふふ、わかるんですね。……むむっ、うおお」

　育三郎は男性自身にまとわりついてくる、温かくて柔らかい女性器の感触に集中した。

「安井さんの中も、なんだか細かく動いてますね」

　粘りつくような甘い愛液のぬめりと、ヒクヒク蠢くヒダの震え、さらに波状に揺れる膣肉のうねりを、男根全体で味わっていた。

「今は別に、自分で動かしているわけじゃないけどね」

あずさが言うので育三郎は訊いた。

「動かせるんですか？」

「もちろん」

「意図的に動かすと、どうなるんですかね？」

「うふふ。そうねえ、こんな感じ」

最初は、膣口がキュキュッと締まった。次に肉棒全体が狭《せま》くなったヴァギナにギューッと圧迫された。

そして最後には、パンパンに張って感覚が鋭敏になっている亀頭をムニムニと可愛がるのだ。

あずさの女陰は、じつに複雑で素晴らしい快感を与えてくれた。

「うーん、気持ちいい。いったいどんなふうに力を入れてるんですか？」

育三郎に、あずさは微笑んだ。

「言葉じゃ、上手く説明できないなあ。お尻の穴を締めたり、おしっこを止める筋肉とか、内ももや腹筋とかをミックスさせてる感じかしら」

そう言ってあずさは腰を浮かせ、円を描くように動かした。恥丘《ちきゅう》同士を離さずに押し揉《も》みしつつ、奥まで入っている肉棒でヴァギナを掻き混ぜた。

「なるほど」

育三郎が納得すると、あずさは腰の動きを緩《ゆる》め質問した。

「ねえ、名器ってどんな種類があるの？」

「大きく分けると、ヒダタイプと締め付けタイプの二種類ですかね」

「ヒダタイプ？」

「そうです。細くて長いヒダがたくさんあるミミズ千匹と、細かくデコボコしたヒダが多いカズノコ天井」

「締め付けタイプは？」

「ええと、膣の入り口が締まる巾着《きんちゃく》、中間から奥の方が締まるタコ壺《つぼ》、その両方の俵締《たわらじ》めだったかな」

育三郎が言うと、あずさは浮かせた腰を下ろした。

「そんなのって、本当にあるの？」

「どうですかねえ。諸説ありますが、元々は江戸時代の遊女のランキング用語らしいですよ。でもまあ、オーガズム後に挿入するとけっこうヒダの蠢きを感じるし、締め付けに関しては骨盤底筋群を鍛えれば強化できると思いますよ」

「男ってやっぱり、締め付けられるのが好きなの？」

「一般的には、締まるとか吸い付く女性器が人気ですよね。でも男側の気持ちよさに大切なのは、締め付けの強さではなく、柔らかくほぐれているときと締まっているときの落差だと思いますね」

「勉強になるわ……。あら、なんだか性器がいい感じに馴染んできたみたい」

あずさの言葉に育三郎は頷いた。

「そうですね、そろそろ動かしましょうか？」

「だったら、さっきの手マンみたいな感じで攻められたいかも」

あずさの指示に従い、育三郎は上体を起こした。そして奥まで入れたペニスのカリ表で、膣壁の腹側を入り口までゆっくり撫でていく。

「こういう、穏やかな動きで大丈夫ですか？」

「あはん、いい気持ち。むしろ好きかも。セックスをしながら、話をするのも新鮮だし。繋がっていることで、じんわり気持ちいいのが延々と続くっていうか、一体感というか……」

「イクことだけが、セックスの目的になったらもったいないですよね」

「うんうん。さっきのクンニと手マンで、四回もイッてるしね。けっこう気持ちいいが続いてるっていうか、イキッぱなしになってるみたい。でも、さすがね。私の中って動くし、意図的に動かすとイッちゃう男ばかりだったけど、沼袋さんは射精しちゃう兆《きざ》しすらないみたいだし」

「一応、AV男優やハメ撮り監督時代に鍛えてますからね」

「我慢してるってこと？」

「っていうか、ドライオーガズムモードを会得《えとく》したのが大きいかな。射精の簡単で便利で出して終わりのインスタントな快感と違って、深くてじんわり気持ちいいのが続く終わらない快楽ですから」

「ドライ？」

「いわゆるメスイキってやつで、女性と同じような感じらしいです」

「ああ、テストステロンが減らないアレね。あっ、結局、私のGスポットってどこだったの？」

「安井さんの場合は、スポットというよりGゾーンっていう感じみたいです」

「どういうこと？」

「お腹側の膣壁全体を、奥から入り口まで撫でると感じるみたいでしたから」

「ゾーン？」

「えっとですね、Gスポットに関してはいろいろな医者の論文を読んでも、あるのか無いのかよくわからないらしいですよ。んで、とりあえず今は、表面に出てる豆の部分以外は、タコ足ウインナーみたいになってて、膣側からクリトリスを刺激できる場所という説が有力みたいです」

「それで私の場合は、お腹側の膣壁全体ってことなのね」

「はい。奥から入り口までを、こんなふうに……」

育三郎はさっきの手マンみたいな感じで、徐々に強めに膣肉を撫で擦っていった。すると洞窟内がうねり始め、キュンキュン締まったり緩んだりした。しかも緩んでいるときはフワフワで、締まっているときとの落差が凄かった。

(やっぱ名器だわ、気持ちよすぎて若手が早漏になるのもよくわかるぜ。まあ男の興奮期は女よりも早く来るもんだが、それで相手の快感具合を見誤ってしまったんだろうな)

育三郎がメインに刺激されるのはカリ表である。なので射精を誘発しにくいものの、延々と肉棒全体が気持ちいいのだった。

そうやって、Gゾーンを撫でるピストン運動を続ける育三郎に、あずさは妖しく微笑んだ。

「なんだか今、指でクリトリスを可愛がったら、すごく気持ちよくなれそう」

クンニのときはミックス愛撫を嫌がったけれど、セックスの場合は違うのだろうか？

「あっ。だったら、さわりましょうか」

「でも方法が複雑だから、自分でするわ」

あずさは淫裂に手を伸ばし、陰核包皮を二本の指で挟んで前後にスライドさせた。ピンク色の肉真珠が剝き出しになったり、包皮に隠れたりというひどくエロい光景だった。

「こうやって弄っているうちにね、クニュクニュの皮の中にある、コリコリしたクリちゃんが最大限に大きくなるの。そうしたら、皮を剝きっぱなしにして、もう片方の手の指でクリちゃんを左右に激しく、うああんっ、こうやって弄るのをセックスしながらしてみたかったのよぉ、おおうっ、うっふ」

あずさはよがりつつ、陰核の取り扱いを説明した。そして、同時に膣内がより狭くなった。

「沼袋さん、まだイカないでしょ？　ううん、まだイカないでね」

「はい、大丈夫ですよ」

そう答えたものの、膣肉がうねって肉ヒダが震えながら締まるので、裏スジ辺りまでもが気持ちよくなってきた。

（このままだと、さすがにヤバい）

育三郎はピストン運動を止め、オスの欲望器官を膣奥まで埋め込んだ。

「くふぅううう、グリグリしてるぅううっ」

あずさは陰核から手を離して尻を浮かせ、くねくねと揺らしながら腰を押しつけて来た。もちろん育三郎は、グリグリの意味を知っている。つまり膣の奥で、ポルチオとタートルヘッドがヌルヌル擦れ合っているのだ。

これは亀頭によるドライオーガズムで、射精しないモードになるためにしているのだが、あずさをポルチオイキへ導くことができるかどうかの試みでもあった。

「うああ、いいわ。私ぃ、セックスでグリグリをもっと楽しみたい」

あずさは、喘《あえ》ぎながら腰をグラインドさせた。女性器が物理的に良い状態でも、受け身のままだと快楽は男のセックステクニックが上限になってしまう。

でも快感に貪欲《どんよく》な女性は、正常位やバックなど受け身の体位でも、足腰の位置や角度を微妙に調整して、自分と相手の気持ちよさを増幅させるのだ。

「いいですね。安井さん、たくさん楽しみましょう」

亀頭との擦れ合いが気持ちいいのなら、ポルチオ刺激がトリガーになってオーガズムに達する可能性は大きいし、どうせならクンニや手マンとは違う絶頂を味わってもらいたい。

あずさが疲れたら、亀頭ドライモードの育三郎がノーピストンで腰を振り、ポルチオをグリグリ揺らし続ければいいのだ。

などと性行為の方向性が決まった途端、育三郎の目の前に、極上のスモークチキンみたいな褐色の肌が広がった。そして、推定Bカップのお椀型美乳から目を離せなくなった。

3

褐色の乳房よりも少し濃い紅茶色の乳暈《にゅううん》には粒々《つぶつぶ》があり、ホットケーキのようにプクッと膨らんでいた。そして、中心にある陥没《かんぼつ》気味の乳首がやけにキュートだった。

（いかんいかん、オッパイのことをすっかり忘れていたぜ）

育三郎はゴクリと生唾《なまつば》を呑み込んだ。最初のマッサージでは敏感な場所は避けていたし、クンニや手マンのときもミックス愛撫は嫌がるだろうとアプローチしなかったので、改めてじっくり愛撫したくなった。

(クリトリスみたいに、あずさにさわってもらう手もあるが、とりあえず優しく丁寧に可愛がってみるかな……)

育三郎はペニスの根元と恥丘をくっつけたまま、手の平にスッポリ収まる控えめな乳房に十本の指を近づけた。

そっと撫でてから、手の平全体で小さな胸の実りを包み込む。柔らかいけれど張りもあり、手に吸い付いてくる。まるで、つきたての餅《もち》のようだった。

そうやって、ヤワヤワと美乳を揉むのに熱中しながら、乳暈をサワサワ撫でて焦らした。

次に陥没気味の乳頭を、中指でゆっくり円を描くように弄《もてあそ》んだ。とりあえずは、豆腐の角を崩さないくらいの加減であずさの様子を窺《うかが》う。

「痛くないですか?」

「あうんっ、いい、とっても気持ちいいん」

あずさが呻《うめ》くと同時に、乳首がムクムク勃《た》ち始めた。なので指でつまんでこねたり、側面を爪でカリカリ掻いたりもした。

「ふぅんっ、あっ、うっ、ああっ」

あずさは悩ましく喘ぎ、顎を上げ喉を露《あら》わにした。そして愛撫を催促《さいそく》するがごとく、反《そ》らせた胸部をビクンビクン揺らした。

育三郎はあずさの乳房に顔を近づけ、左の乳首を口に含んだ。まずは舌で飴玉《あめだま》のように転がし、次にチューチュー吸った。

さらに甘嚙《あまが》みしてから、右の乳首も同じように可愛がった。それからデコルテラインにも舌を這《は》わせ、首筋や耳もじっくり愛撫した。

「はぁん、キスがしたくなっちゃった……」

あずさは言って、赤い舌を出した。唇を近づけると、ヌメリのある柔らかい舌先が、育三郎の唇を丁寧になぞっていく。熱い吐息まで感じられる、エロティックな行為だった。

いつの間にか、二人は唇をピッチリ合わせ、舌をねっとりと絡《から》めた。唾液を吸われ、吸い返すのみならず混ぜ合った。

（しかし、楽しいな）

育三郎は亀頭とポルチオの擦り合いと口づけをしながら、男女のオーガズムの差や中イキのことを考える。

以前ハプニングバーで、セックスどころかオナニーでも、イク感覚がよくわからないという女の子と話をした。

クリトリスを指で刺激するオナニーをする彼女曰く、気持ちよさは日替わりだとか。つまり生理前とかムラムラしたときは快感が濃いし、そうでないときは薄い。

けれど射精のような物理的な頂点がないので、気が済んだら終わりにするらしい。

詳しく訊くと、気持ちよくなってきたら力んで息が詰まってくるとか。さらに指を動かし続けると、快感が脳天を突き抜けるそうだ。

育三郎は「絶頂っぽいじゃないか」と言ったが、彼女はオーガズムだと確信が持てないそうだ。

なぜならばネットやSNSでは、電流がビリビリ走るとか、頭の中が真っ白になる。あるいは空を飛んでいるみたいとか、まるで打ち上げ花火など人それぞれ表現が違う。そのうえ一回だけじゃなくて、連続でイク女性までいてバラバラだから。

育三郎はオーガズムについて、ＡＶ女優や出会い系アプリで知り合った女性たちから聞くのを趣味と実益を兼ねたライフワークにしていた。

確かに人それぞれだが、いくつかの共通点もあった。どうやらイッても男ほどスッキリしないし、賢者タイムもほとんどないらしい。

もしかしたら、男女とも同じイクという言葉を使っているから、誤解が生じる気もした。

そもそも男の射精はウエットだし、女性の場合は外イキでも中イキでもドライオーガズムという違いがある。

ちなみに育三郎はM性感風俗での、メスイキと呼ばれるドライオーガズム体験で、女性たちの感覚をそこはかとなく理解できた。

前立腺《ぜんりつせん》を刺激して得られるドライオーガズムは、腰部で生じた快感がダイレクトに脳天を突き抜けるのだ。

ただ射精をしないので、精液が尿道を通るときの気持ちよさとスッキリ感がない。けれど賢者タイムは皆無《かいむ》だし、連続イキをすると多幸感に包まれる。

しかも慣れると、乳首や亀頭でもイケるようになれるのだ。

だからハプバーで話した女の子の、気が済んだら終わりにする感じもわかる気がした。

そして中イキとは、Gスポットやポルチオ刺激で得るオーガズムだ。Gスポットの場所は、膣の腹側で入り口から三センチ付近のザラザラ部分とは限らない。

最初からミミズ腫《ば》れみたいになっていて、しかもそれが奥の方まで続いている人もいる。あずさみたいに、Gゾーンのアプローチで達するタイプも新鮮だった。

もちろんその場合でも、感じてからじゃないと反応はすこぶる鈍《にぶ》い。

（しかし、自分でも呆れるほど女とセックスが好きだな）

心の中で苦笑している育三郎は、あずさの唇で舌をしゃぶられていた。ずっと「チュクッ、チュパッ、チュププッ」という淫靡《いんび》な音が聞こえるので、舌と耳を犯されているような気分にもなった。

そうやって、まるでお互いを食べるような濃厚な接吻《せっぷん》を、しばらく続けている。

密着正常位での口づけは、強烈に性感をアップさせるからだ。女性によっては、好きな相手とのキスだけでイッたりもする。

あずさとは性欲だけで繋がっており恋愛感情は芽生えていないが、性器だけよりも激しく感情移入できるのは、おそらく唇が脳に近い場所だからだろう。

などと思っていたら、蟻の門渡り辺りがむず痒《がゆ》くなった。ＰＣ筋をキュッと締めたら、膣奥でタートルヘッドとポルチオがニュルニュルと擦れた。

さらに、ペニスの根元とビーナスの丘をくっつけたまま腰を揺すった。すると、あずさは唇を離した。

「あぅん、奥のグリグリだけじゃなくて、クリちゃんも擦れてるぅ」

そう言ってチュッ、チュッと音を立て育三郎の頬や唇を啄《ついば》んだ。

さらにあずさは、育三郎の下唇を甘噛みしながら何度か左右に動かした。

(おおお、気持ちいいぞ)

育三郎の唇は、自然と半開きになってしまう。

笑みを浮かべたあずさは積極的に育三郎の唇をハムハムと甘噛みした。

しばらくすると、されるがままに開いている育三郎の口の中に、生温かくて柔らかい舌が侵入してきた。

あずさは舌先を器用に使って、育三郎の唇の裏側や前歯を愛撫していく。その際にあずさの口から漏れる「あんっ、あはぁ」という吐息がじつに艶《なまめ》かしかった。

育三郎の頭の中は沸騰し、今まで以上に理性のタガが外れていく。

それからクライアントはセラピストの尻を摑んで、同じリズムでグラインドを続けるように促してきた。もちろん接吻も続けており、しばらくお互いの舌先をチロチロと舐め合った。

「んんんん？」

あずさは、急に呻いて口を離した。

「ひ、ひいいっ。今までと違う感じがする」

そしてなんと、気持ちよすぎると主張した。

ポルチオが刺激されるたびに、ビリビリと甘い電流みたいな快感が全身を巡るそうだ。

「もしかして、一回止めた方がいいですか？」

「ううん、大丈夫」

「もしも快感が強すぎて、つらかったり痛かったりしたら、遠慮なく言ってください」

気遣いつつ、育三郎にも膣内変化がわかった。子宮の位置がより下がったのか、亀頭と擦れ合う面積が増えているのだ。

「これって、もしかしてウテルスセックス？」

あずさの質問に、育三郎は答えた。

「いや、違うと思う」

子宮の中にペニスが入るウテルスセックスは、都市伝説で医学的にあり得ないと、ユーチューバーの女医が言っていた。

育三郎はそのチャンネルで、ポルチオは迷走神経とダイレクトに繋がっているから、強い刺激と快感がある説を学んだ。

だが今は亀頭とポルチオが、ピタッとハマっている感覚もあった。腰をグラインドさせても、ほとんどグリグリ擦れないのだ。育三郎は、ペニスがポルチオと膣壁の隙間に入り込んだという仮説を説明した。

「そうなんだ。てっきりオチンチンが、子宮の中に入ってるのかと……」

あずさは、納得しつつ痛みを訴えた。

「ひいっ。刺激が強すぎて、ちょっとつらいかも」

「わかった」

育三郎は腰のグラインドを止め、膣壁とポルチオの隙間からタートルヘッドを抜いた。そして、洞窟の中腹から奥へ緩いピストン運動を試みた。

「これで、どうかな？」

「うふぅん、気持ちいいグリグリに戻ったわん」

あずさが甘く身悶《みもだ》えるので、育三郎は短いストロークのピストンを続けた。

（むおお、またちょっと、違う感じがするぞ）

鈴口《すずぐち》で子宮口を押すスローな抜き差しをしているのだが、ヌルヌルしているにもかかわらずグリグリ擦れない。亀頭はポルチオに、ピタッと吸い付かれている感じがした。

あずさは自覚しているだろうかと気になったが、彼女は目を閉じ恍惚《こうこつ》の表情で湧き上がる悦楽にのめり込んでいた。

（これは確か、ポルチオがトリガーになって達するオーガズムの前兆だ）

育三郎は以前ポルチオイキがデフォルトの熟女と、濃いセックスをしたときのことを思い出した。

（あのときも、吸い付かれたんだよな）

子宮には精液を吸い上げる機能があるらしいし、昭和の頃には膣で煙草《たばこ》を吸う芸者もいると聞いたことがあった。

くだんの熟女は実際に、愛液で濡れた膣口からシャボン玉みたいな泡を吹いた。つまり、膣で空気を吸ったり吐いたりしていたのだ。

「沼袋さん、どうしよう。なんだか、もどかしいの」

突然、あずさは訴える。まさにその反応は、ポルチオイキの熟女とシンクロしていた。

「安心してください、こうすれば……」

育三郎は上半身を起こして、膣口からGスポット経由で、ポルチオに到達する長いストロークのピストン運動に切り替えた。もちろん、リズムや力加減は短いストロークのピストンと同じである。

「あーん、どうしてわかるのぉ。なんだかすごく大きな波が……」

あずさはポルチオイキ直前だが、愉悦の大波を被るためにはまだ足りない要素がある。

喩《たと》えるならば、コップの水が表面張力《ひょうめんちょうりょく》で盛り上がっている状態で、最後の一滴が必要なのだ。

（おそらく、これが正解だろう……）

育三郎はあずさのしこった両乳首を、指でつまみ絶妙な加減で捻《ひね》った。

ユーチューバーの女医曰く、乳首を愛撫すると子宮を収縮させるホルモンが出るらしい。ゆえに産婦人科医は、妊娠中は過度に刺激しないようにと釘を刺すくらいなのだ。

まさに女性の乳首は子宮直結の性感帯で、ポルチオイキのトリガーになっていても不思議ではない。

「すごいすごぉい、乳首シュリシュリされると響くの、ポルチオに響くのおぉおおん」

どうやらあずさは、指の腹で乳頭を擦られるのがたまらないらしい。ならばと、ニップルの側面をつまんで、クニクニ捻る愛撫と交互に施《ほど》していく。ほどなくあずさは、育三郎の予測通りオーガズムに達した。

「あっ、ぁぐっ。うぐぐっ、ふぐっ、あっ、おぉおおーん」

なりふり構わない、獣の咆哮《ほうこう》みたいな喘ぎ声がポルチオ快感の深さを物語っていた。

「大きな波を被れましたか？」

育三郎が訊くと、あずさは荒らげた息を整えながら彼を見つめた。

「うん、ポルチオでイケたみたい」

なんだか焦点が合っていないのは、まだ快楽の真《ま》っ只中《ただなか》だからか？

「ひっ、ううぅおあぅ」

急にあずさが上半身を痙攣させたので、育三郎は驚いて訊いた。

「えっ、どうした？」

乳首から手を離したし腰の動きも止めているから、性器の刺激で感じたわけではないと思う。

「わからない。イッた瞬間のことを思い出したら、気持ちよさが戻ってきて全身を駆け巡ったの」

「大丈夫ですか？」

育三郎が気遣い腕にさわると、あずさは再び上半身を痙攣させた。

「ひぃい、また来たぁ」

とにかく身体中が敏感になり、ちょっと肌を撫でるだけでライトにイクみたいだった。

「少し休憩します？」

育三郎の問いに、あずさは首を横に振った。

「今ね、さっきよりも強力なイキっぱなしというか、八十〜百％の快感が緩やかな波になって延々と続いているの。止めるのは、もったいないかな。どこまで気持ちよくなれるか試したい」

「お安い御用です」

育三郎は射精に拘《こだわ》らず、女性を感じさせることで興奮するタイプだから、望むところであった。

「体位のリクエストはありますか？」

「逆になんか、刺激的な正常位のバリエーションってある？」

あずさに訊かれて育三郎はニヤリ。

「とりあえず、深山《みやま》かな」

「深山って何？」

「いわゆる、屈曲位とか足上げ正常位と呼ばれている体位ですよ」

育三郎は言いながら、あずさの両足を持って肩にかけた。

「腰の動きは、さっきと同じですけど……」

上半身を起こし膣口からGスポット経由で、ポルチオことPスポットに到達する長いストロークのピストン運動である。

「わっ、さっきより全然気持ちいい」

あずさに言われ、育三郎はほくそ笑んだ。

「でしょう」

両足を上げて伸ばすと、膣内の腹側にある性感スポットをより確実に刺激することができるからだ。しかも、かなり奥まで入るし密着感も強い。

「上の方をもっと、ヌリュヌリュされたーぃん」

あずさが膣壁の腹側をいっぱい擦られたいとおねだりするので、まずはGスポットを狙って短いストロークのピストン運動を数回した。

「ああ、それ、それがいいのよぉ」

気に入ってもらえたので、次はペニスをヴァギナの奥まで突っ込んで、腰をグラインドさせた。つまりGとPという、二点の性感スポットを狙った三浅一深《さんせんいっしん》という合わせ技である。

「グリグリも好きぃ」

あずさは腹直筋《ふくちょくきん》下部をへこませ、Pスポット快感を堪能した。

（これは、どうかな？）

育三郎は亀頭を膣口まで戻し、Pスポットまで一直線に突いた。喩えるならば、除夜《じょや》の鐘《かね》を撞《つ》く要領である。

「ズーン、ズーンって子宮に響くぅ」

快感を実況中継してくれるのは嬉《うれ》しいし、強力なイキっぱなしというオーガズムのゾーンに入ってからのあずさは、よりいっそう快楽に貪欲だった。おそらくは、こんなに長く挿入行為を楽しむのが初めてだからであろう。

「はあ、激しい。んん、激しいのがいい。もっとズコズコ突いてぇ」

あずさの露骨な要求に、育三郎は喜んで応えた。

深山のメリットは結合部分が見えてエロく、膣奥深くまで陰茎を出し入れして楽しめることだ。

一方デメリットは、激しくピストンするとシーツに膝が擦れてつらいことだった。

「本当にズコズコしてるぅ、いやーん、すごくいやらしいわぁあぁん」

あずさは喘ぎながら、シーツを摑んだ。膣奥が感じる女性は、たいてい深山が好きだ。Mっ気が強いタイプだと、結合部を見られると羞恥心《しゅうちしん》を刺激され快感が倍になるらしい。

ちなみに女性側のデメリットは、体勢がつらいことである。だが腰枕を敷けばポジションが安定するので、密着正常位に近いタイプの深山を楽しむことも可能だった。ピストンを止め育三郎は、片手で枕を取りあずさに声をかけた。

「ちょっとだけ足を下ろして、お尻を浮かせてもらえますか」

言われてあずさは、膝を立てて尻を浮かせた。もちろん、ペニスがヴァギナ奥まで刺さったままである。

育三郎はクライアントの尻と、シーツの隙間に枕を入れようとした。

（もうちょっとか……）

だが少々高さが足りないので、枕を持っていない方の手であずさの尻を持ち上げた。

「あっ。これ、好きかも」

そう言ってあずさは、尻を上下に振り始めた。恥丘を陰茎の根元に押しつけて、ゴシゴシ擦り合わせる軌道《きどう》である。

「うんうん、クリちゃんが擦れてすっごくいい感じぃ」

あずさが悦んでいるので、育三郎は枕から手を離すことにした。

「だったら、深山から吊《つ》り橋《ばし》に変更だね」

育三郎はあずさの尻に両手を添え、腰部の上下運動を補助した。正確に言うと、吊り橋という体位の応用である。

本来は女性が肘《ひじ》から先を床につけて上半身も浮かせ、下半身と同じ高さで水平になるのだ。だがそれだと女性の負担が大きいし、下半身だけを浮かせれば膣口が自然に上を向く。

だから、ペニスの先端がGスポットに当たりやすい。ゆえに育三郎は、この応用体位を好んだ。

「くふうっ、たまらない」

あずさが喘いで腰を動かすたびに、クチュクチュという淫音《いんおん》が聞こえた。

「そんなに、いいんですか？」

「だって、外も中も気持ちいいんだもん」

陰核こととCスポットを、ペニスの根元で擦り、棒部分がGスポットを圧迫、さらに先端がPスポットを刺激しているそうだ。

そして陰部から湧き上がる快感を、余すところなく堪能しつつあずさは喜悦《きえつ》の声を漏らした。

「ひああああっ、だけどぉおおう、足が疲れてきたぁのおん」

クライアントの太ももと尻は、プルプル痙攣していた。

「休憩しましょう」

育三郎が促すと、あずさはゆっくり尻を落とした。

「ふうっ。もう何回イッたか、よくわからないわ」

緩やかに八十～百％の快感を繰り返す波状イキは、まだ続いているようだった。

「でも沼袋さんは、まだイッてないでしょ。本当にすごいなあ、ずっと我慢してるの？」

「女性を感じさせることで興奮するタイプだから、射精にはあんまり拘らないんですよ。それにさっきも言いましたけど、今は亀頭がドライオーガズムモードになってるので」

「亀頭がドライって何だっけ？」

「安井さんの、クリイキみたいな感じです」

育三郎の答えに納得できないのか、あずさは再び質問した。

「射精しなくても、気持ちいいってことなの？」

「もちろん。でもまあ、安井さんの中ってメチャクチャ気持ちいいから、けっこうヤバいです」

「だったら沼袋さんが、そろそろイッてくれると嬉しいな」

「じゃあ、松葉崩《まつばくず》しでフィニッシュしますよ」

育三郎が言うと、あずさはゴクリと生唾を呑み込み、同時に膣口がキュッと締まった。

「松葉崩しは、一番奥に届く体位だから大好き」

あずさは身体を斜めにして、育三郎の肩の上に片足をかけた。育三郎はあずさが伸ばしている、もう片方の足を跨《また》いだ。そして腰を強く押しつけ、ペニスを最奥まで入れて小刻みに腰を振った。

「ああ、これよ、これぇ」

あずさは、自分で乳首とクリトリスを弄《いじ》り始めた。すると、膣肉のうねりと肉ヒダの蠢きが激しくなった。イチモツの根元から裏スジまでを、しごくように膣肉が蠢いた。まるで、精液を搾《しぼ》り出《だ》そうとしているみたいだった。

「あっ、すごいな。あうう、もう……」

「イキそう？」

「は、はい」

育三郎はドライモードをオフにしたので、すでに射精したい欲求で亀頭が爆発しそうになっている。激しく数回ピストン運動すれば、確実に漏らしてしまいそうだった。

「うふん。我慢しないで、いっぱい出して」

あずさに言われるまでもなく、もう我慢の限界だった。兆しどころか堰《せき》を切ったような勢いで、スペルマの激流が迫っており、ＰＣ筋をいくら締めても無駄な状態である。

「う、うくっ。出る、出る出る出るぅうううっ」

育三郎は叫びながら、ビュルル、ビュルルとあずさの中に精を放った。身体を硬直させ、何度も続く脈動を味わう。まったくもって、声を抑えることができないほどの快楽だった。

「うああ、出てる、おう、おうっく、また、まだ出てます」

快感の大波が、腰の奥から寄せては引く。そのたびにフラッシュが焚《た》かれたときのように、目の前が真っ白になり太ももの震えが止まらない。頭の中が空洞になったみたいで、何も考えられなかった。

「すっごく、気持ちよさそうな表情でイクのね」

あずさの声が聞こえたので、射精の余韻に浸っていた育三郎は目を開けた。

「うわっ、見てたんだ」

照れる育三郎に、あずさは微笑んだ。

「うふふ、ずっとね。わたし、男のイキ顔って大好きなの」

「恥ずかしいなあ」

育三郎は言いながら、松葉崩しから正常位の体勢に戻した。陰茎はまだ硬度を保っているので、挿入したまま動いた。蠢く膣内が気持ちよくて、抜くのがもったいなかった。

第三章　アイドルと大人の玩具研究

1

とある水曜日の午後。ノボリザカ48というアイドルグループを卒業間近らしい、二十歳の白石《しらいし》美月《みづき》は嬉《うれ》しそうに言った。

「沼袋さん、メールにも書いたけど『ヒステリア』って映画観ました。すっごく面白かったし、ビックリしちゃった」

「ああ、俺も観たときはビックリしたよ」

育三郎は美月と、シティホテルの一室でベッドの上に座っていた。

（しかし相変わらず透明感溢《あふ》れる美女というか、女優になったら深窓《しんそう》の令嬢役が似合いそうだな……）

美月は、ツヤツヤした長い黒髪が美しい。切り揃えた前髪の下にある、つぶらな瞳はキラキラと輝いている。

透き通るように綺麗な肌の上にある、スッとした鼻筋とぼってりした唇からは、そこはかとない色気が漂《ただよ》っていた。

そして、全体から醸し出されるのは、ひたすら可憐《かれん》で清楚《せいそ》な雰囲気だった。

（でもオッパイは、チッパイなんだよな……）

シャワーを浴びたアイドルは、ベージュのブラジャーとパンティという格好だった。ちなみに美月は、普通のマッサージでのリピーターである。しかもファザコンらしく、育三郎だと安心して性に関する話題も喋《しゃべ》れるのだ。

美月は処女で男と付き合ったこともなく、セックスに憧《あこが》れて自慰《じい》はするものの、大人の玩具《おもちゃ》を使うことには抵抗があった。なので育三郎は『ヒステリア』という映画を薦めたのだ。

その内容は、大人の玩具として知られるバイブレーターが、19世紀末に女性のヒステリーを治療するために発明された医療器具だったという、驚きの実話を背景に描く歴史ヒューマンコメディである。

バイブレーターの開発秘話を、開発者である真面目な医師と進歩的な女性活動家の心の交流を軸に、ユーモラスなタッチで描き出す映画なのだ。

そして感動した美月は育三郎にメールで、気になる大人の玩具を買い揃えてほしいと頼んだ。曰《いわ》くネット通販でも、万が一ファンに知られたらと思うと自分では買えない。

そんなこんなで、今に至るのだった。

「ではでは、大人の玩具研究会を始めましょうか」

育三郎が言うと、美月はベッドに並べられたローター、電マ、ディルドにバイブ、吸うやつなどセックス・トイに興味津々のまなざし。

「ふふふ、医療器具がたくさんありますね。なんだか、見てるだけで……」

「見てるだけで、何？」

「いえ、別に」

「見てるだけで感じる、もしくは濡れてしまうのかな？」

「えええっ。そんなふうに言われると、あの、その、えっと、そ、そうです」

しどろもどろの美月の、正座している太ももに力が入った。じつに、初々《ういうい》しい反応である。

「じゃあ、まずは、これだね」

育三郎がローターを渡すと、美月は照れ笑いしつつ観察した。

「あはは。わっ、本物だ。あ、スケルトンになってるんですね。えっと、中に入ってる機械は何ですか？」

「プラモデルとかに使うモーターだよ。って言っても女の子は知らないか。まっ、それが振動するだけって単純な作りなのさ」

「へぇ～」

「スイッチ・オン！」

そう言って育三郎は、大人の玩具を稼働《かどう》させた。

「ひゃうぅうっ」

突然の状況に驚きながら、美月はローターを握りしめた。

「振動が、振動が……」

「そうそう、こんな程度なんだよ。全然たいしたことないだろ、携帯のバイブ機能みたいなもんだ」

「ひっ、はぁい。でもでも、手の平から全身にビィ～ンって」

美月は、どうしたらいいのかわからないというような困った顔で育三郎を見つめた。けれど視線が合うと、恥ずかしいのか右斜め下四十五度に外した。

そして目と太ももをギュッと閉じ、身体全体で振動を確かめた。なんだか、けっこう感じているようだった。おそらく過度の緊張と期待で、全身が敏感になっているのかもしれない。

「スイッチ・オフ！　どうだった？」

育三郎が振動を止めて訊くと、美月は目と手の平を開いて感嘆した。

「す、すごいです。手の平で感じるなんて」

「やっぱ感じてたのか。じゃあもっと敏感な、手の平じゃないところにも使ってみるかい？」

スケベ心丸出しで言ったら、即座に断られた。

「む、無理です」

「でも、試してみたくてわざわざ買ったんでしょう？」

「そ、そうですけど、恥ずかしすぎます」

「じゃあ、オナニーしてみる？　クリトリスにちょこっとあてがうみたいな」

「余計無理です」

「俺が居ない方がいいなら、三十分くらいお茶飲んでくるよ」

「絶対無理です」

美月はなんだか、意固地になっているようだった。まったくもって面倒臭いが、クライアントである。とりあえず、羞恥心《しゅうちしん》を捨てられない日常から、エロスの世界にモードチェンジさせるのが先決だろう。

「美月ちゃ～ん。ほらほらぁ、肩に力が入りすぎだよぉ」

育三郎は手を伸ばして、処女アイドルの首筋と肩を優しく揉《も》んだ。

「うわわ、ゴリゴリだ。かなり凝《こ》ってるなあ」

「わ、わかりますか？」

「そりゃあ、もちろん」

言いながら背後にまわった。そして首筋と肩、肩甲骨《けんこうこつ》の辺りを、じっくりとマッサージしてあげた。

「しつこい凝りだなあ、なかなかほぐれない。よしっ、こいつを使おう」

ベッドに並べてある大人の玩具群から、ハンディー型電動マッサージ器を手に取った。

「きゃあああ、電マですよ、それは！」

美月は、何故か顔を赤らめた。

「そうそう、家電量販店で売っているマッサージ器具だからね」

育三郎がスイッチを入れると、ブゥイ～ンという大きめの振動音が室内に響いた。中年セラピストはヘッドの部分を美月の凝った首筋、肩、背中にあてがって、丁寧にマッサージしていった。

「あああ、気持ちいい。あっ、でもエッチな意味じゃないですよ」

「わかってるって」

育三郎が苦笑しつつマッサージを続けると、美月は興味深い発言をした。

「でも、電マって便利ですね、エッチなことだけじゃなくて、普通のマッサージにも使えるんですね。あっ、う～ん、そこ、いい。すごく効きます」

「いや、これは元々普通のマッサージ用のもので、エッチなことに使う方が普通じゃないから」

「本当ですか？　お店で女の人が手に取ってるのを見かけると、絶対にエッチなことに使うんだと思ってました。堂々と買うなんて、勇気があるなあって」

「美月ちゃん。キミ、ＡＶの観すぎだと思うよ」

「えー、そうかなあ。そんなことないですよぉ」

もしかしたら美月の世代にとっては、大人の玩具として使う方が当たり前なのかもしれない。実際に量販店のアダルトコーナーには、いろいろな大きさの電マがさまざまなアタッチメントと共に売られているのだから。

「よしっ、うつ伏せになろうか」

育三郎が言うと、美月は素直に従った。なので電マで、背中全体と腰の部分をマッサージする。

「なんだか、フニャフニャになっちゃいそう」

どうやら美月は、かなりリラックスできたようだ。

「女性は、ハイヒールを履《は》くからね。ここも凝るんだよな」

言いながら育三郎は、脹脛《ふくらはぎ》に電マをあてがう。

「そうなんです。夜には足がむくんじゃうんですよね」

「だよな。こうやって、リンパの流れをよくしないとな」

足首から膝の裏側まで、片足ずつ何度も丹念《たんねん》に電マで揉み上げた。そして、膝裏から太もも、尻に向かう。電マのヘッドが尻に近づくと、大臀筋《だいでんきん》がキュッと収縮した。もちろん、振動が性器周辺にも伝わっているからだろう。

なので少しずつ、尻に電マをあてる時間を増やした。外側から内側へ、ゆっくり電マを移動させると、催促するように尻が持ち上がった。

そして、ピタリと閉じていた足の間に、いつの間にか拳ひとつ分くらいの隙間ができていた。さらに、気づくと太ももがしっとり汗ばんでいた。

「そういえば美月ちゃん、オナニーはうつ伏せ派だったよね」

「んあっ。えっと、あっ、はい」

アイドルの、うたた寝から醒めたような返事。間違いなく、身体の奥から湧き上がる快感に浸《ひた》っていたのだろう。

「あれだよな。手を使わない、フリーハンド・オナニー」

「そ、そうです」

「確か枕やクッションを、股間に擦《こす》りつけてるって……」

こうしたことも、以前からマッサージ中に話したり、メールでやり取りしていたのだった。

「そういうタイプの人は、ローターより電マ向きかもよ」

「どういう意味ですか？」

「ローターは、ピンポイントでクリトリスを狙うから点の刺激なんだよ。美月ちゃんのオナニーは、枕やクッションを使う面の刺激だろう。恥丘とか大陰唇とか女性器全体を圧迫するわけだから、ローターよりも広範囲を刺激する電マの方が気持ちいいってこと。まあ、論より証拠だ」

育三郎は処女アイドルのパンティの上から、尾てい骨部分に電マをあてがって、尻の谷を渡りゆっくり肛門辺りまで移動させた。これで、花園全体に振動が伝わっているはずである。

「う、うあああああっ」

美月は嫌がるどころか、尻をクイッと浮かせて催促。なので、尾てい骨から恥骨までの電マ往復運動を繰り返した。

「んわっ、んんっ、んぐぐぐっ」

パンティ越しとはいえ女の中心部に振動を感じて、思わず喘《あえ》ぎ声を出してしまった。そのことを恥じるかのように、アイドルは必死に口を閉じた。

「どうだい？　初めての電マの味は？」

育三郎が訊くと、美月は身悶《みもだ》えながら答えた。

「ひゃうう。こ、これ、全部持ってかれそうですぅ〜」

クリトリスがある場所に電マのヘッドが近づくと、自らグッと押しつけてきた。尻を突き出したり、引っ込めたり、まるで尺取虫《しやくとりむし》のような動きだった。

そして陰核にあてがわれてから数十秒くらいで、オーガズムの兆《きざ》しが訪れたみたいだった。

「ひぃ。もうすぐ、イ、イキそうです」

恐るべし電マ、である。

「スイッチ・オフ！」

電マを離すと、処女尻が追いかけてきた。

「ええっ、どうして？」

「だってまだまだ、いろんな玩具を試したいでしょう。すぐにイッたら、もったいないよ」

そう言って育三郎は、美月の頭を撫《な》でた。

2

「で、ですよね」

尻をブルルッと震わせ美月が言った。そしてベッドの上で、クッションを背にM字開脚でクタッと座った。

「電マって、すごい。す、すごすぎますね」

美月はハァハァと、短距離を全力疾走したアスリートみたいな呼吸になっていた。

「あららら、汗をかいてるな」

育三郎は、美月の額《ひたい》の汗粒を拭《ぬぐ》ってやった。ついでに頬《ほお》から首筋に指を這《は》わすと、女体全体がビクンビクンと過剰反応。

見ればパンティは、汗よりも粘り気のある液体が沁《し》みて、グショグショになっていた。所謂《いわゆる》メコスジ、すなわち淫裂の形がクッキリとわかる状態である。

「ひゃあああ、んっんんん。ダメッ、また気持ちよくなっちゃうからぁ」

ちょろっとワレメをなぞったら、ムチャクチャいい反応。

オーガズムを寸止めした効果で、美月の臨戦態勢は継続中どころか、完全エロモードになっている。

「両手を、頭の後ろで組んでごらん」

育三郎は美月に言った。

「これから、ローターの正しい使い方を教えてあげるからね。そのまま、動いてはいけないよ」

「はい」

美月の返事を聞いて育三郎は、ローターのリモコン部分を推定Aカップの乳房とブラジャーの間に挟んで、コードの長さを調整する。

そしてウズラの卵より少し大きい先端部分が、布一枚に包まれた淫裂上部周辺に当たるようにセットした。

「スイッチ・オン！」

育三郎は言いながら、ローターを作動させた。

「はううぅっ」

美月は喘ぎ、ビクンビクン上半身を揺らした。

「動いては、ダメだよ」

「はいっ」

良い返事とは裏腹に、美月は腰をモゾモゾと動かしていた。

「ローターはね、基本的に手に持って使うもんじゃないんだ。コードを垂らして、微妙な刺激を楽しむのが正しいんだよ」

「は、はい、へえー。でも、あー、なんか。あああっ」

おそらく、もどかしいと言いたいのだろう。ビビビッと振動するローターの先端は、腰を動かして微調整しないと淫裂の中心部から外れてしまうのだ。

「これは知ってるかな？」

育三郎が見せたのは、乳首用ローターである。スポイトの先に吸盤が付いたものが二つ、コードでリモコンに繋がっているタイプだ。

「ネットで見たことがあります」

美月は、トロンとした目付きで乳首用の玩具を見つめた。

「試してみようね」

育三郎は返事を待たずに、ブラジャーを少し上にずらし乳首を露出させた。もちろんその際、陰核辺りを刺激しているローターのコードを調整することも忘れない。

「綺麗だな……」

育三郎は、推定Aカップのチッパイを見て思わず呟《つぶや》いた。色素が薄い肌に溶け込むようなピンク色の、乳暈《にゅううん》と乳首がとてもキュートだった。しかも貧乳の割りには大きめの乳首で、早くもしこり始めていた。

そして乳首用ローターが装着されると、美月は胸を上下させながら、甘える子犬のような声を出した。

「くぅーん、くぅーん」

「スイッチを入れていいかな？」

わざわざ訊くのは、期待感を高めるためである。美月は一応無言で頷《うなず》いているのだが、育三郎はもう一度訊いた。

「いいかな？」

「は……い」

掠《かす》れた声の小さな返事。

「よく聞こえない。どうしてほしいのかな？」

「あの、スイッチを……」

「スイッチを？」

「お、お願いします」

「お願い？　何をお願いするの？」

育三郎はねちねちと、すっとぼける。

いつの間にか美月はM字に開いていた足を閉じ、ローターを淫裂に挟み込んでいた。それは、見て見ないふり。

「乳首用ローターの、スイッチを入れてください、お願いします」

「オッケー」

「ぐっ」

美月はスイッチを入れた途端、息を止め硬直した。

「んふぅ」

スイッチを切ると、手は頭の後ろに組んだまま首をがくりと下げ、悩ましい吐息。クリ&両乳首のローター三点攻めを、それなりに楽しむことができたらしい。なので、再度スイッチ・オン。

「ひっ、いいいっ」

白い喉を見せて、推定Aカップの乳房と薄い上半身が海老反《えびぞ》った。

そうやって育三郎は、秒単位でのスイッチのオンオフを数回繰り返す。じつはこの乳首用ローター、ビジュアル的なインパクトはあるが効き目が長持ちしない。刺激があるのは最初だけで、乳首は単純な振動に慣れて鈍感《どんかん》になってしまうのである。

「さて、乳首はどうなってるかな?」

育三郎は、股間と乳房のローターのスイッチを切った。吸盤を外すと、乳首が完全に勃起《ぼっき》していた。

「乳首はね、アナログの方が気持ちいいかもよ」

そう言って、仕事用バッグから、習字用の筆を取り出した。

美月は、ぐったりしつつ目で筆の行方を追っていた。

「これでね、こうすると」

セラピストは、筆の穂先《ほさき》で乳暈の形をなぞる。

「ううう っ、うずうずします」

アイドルは肩をすくめて言い、それからすぐに胸を突き出してきた。

「くすぐったいのと、気持ちいいの中間って感じがぁ、ああんっ」

そういうのが好きならばと、育三郎は乳暈に穂先を這わせて円を描くだけで、乳首にはほとんど触れなかった。

「ず、ずるいです。そんなふうに焦《じ》らしてばっかりって……」

美月は、ちょっと怒ったような表情。

「嫌なのかな？」

「ううん、好きです。でも、あっあっあっ」

育三郎は筆の穂先を舐《な》めて尖《とが》らせ、乳首をツンツン突いたのだった。

「でも、何？」

「だって、あんまり焦らされると……」

欲情を隠さずに、美月はセラピストを見つめた。もしかしたら、大人の玩具研究以上のことを望んでいるのかもしれない。

「正直に言っていただければ、お客様のお望み通りに致しますよ」

育三郎はビジネスライクに対応した。仕事なので、雰囲気に流されてしまっては公私混同。

最初に交わした施術内容やNG事項を変更するならば、やはりセラピストからではなく、クライアントからはっきりと言ってもらいたいし言わせたいし、そうでなければならない。

「もうっ。沼袋さんって、いじわるですね」

恨《うら》めしそうな美月を無視して、育三郎は訊いた。

「ところで美月ちゃんは、タンポンを使ったことがあるんだよね？」

「ええ、まあ。生理とか関係なくライブでもスタジオ収録でも、ミニスカートの衣装でダンスとかしますからね、デフォルトです」

「なるほどね、じゃあ指は入れたことあるのかな？」

「えっと。どうして、そんなことを訊くんですか？」

「ほら、オナニーでクリイキすることは聞いたし、さっきイキそうになってたけど、中に関してはどうなのかなって素朴な疑問だよ」

「指を入れたことはあるけど、どこをさわれば気持ちいいのか、よくわかってません。いっぱい動かすと、すぐ入り口が痛くなっちゃうし……」

「じゃあ、膣内部の性感検査をしてみるかい？　もしも感じる場所が見つかったら、細めのバイブでピンポイントに刺激できるかもしれないし」

「えっと、痛くないようにしてもらえるなら」

「オッケー。じゃあ、下着を脱いでくださいな」

育三郎に言われ、美月はそそくさとブラジャーを外しパンティを脱いだ。そして出現したのは、黒く艶のある海藻みたいな陰毛と、プリプリの新鮮なアワビみたいな、じつに食欲をそそる印象の女性器だった。

育三郎は、充分に濡れているヴァギナにそっと指を入れていった。すると美月の「ひゃんっ」という可愛い喘ぎに合わせて、包皮に隠れているクリトリスがヒクヒク動いた。

とりあえず第二関節くらいまで指を入れ、膣壁の腹側部分を圧迫しつつ育三郎は訊いた。

「今のところ、痛くない？」

「指を激しく出し入れしたり、膣の入り口を広げたりしなければ大丈夫」

「中の方って、どういう感覚なのかな？」

「うーんと、単に指が入っているなあって感じ」

「なるほど」

電マやローターでオーガズム直前まで感じたあとなので、Gスポットが立ち上がっているかもしれないと期待したが、やはりまだ膣内部は未開発状態らしい。などと育三郎が思っていたら、美月は質問を始めた。

「あの、沼袋さん。大人の玩具を使うのって、男の沽券《こけん》にかかわるの？」

「そんなことはないけど、誰かに言われたのかい？」

「うちのメンバーの、内緒の彼氏が言ってたらしいの」

「ふーん。まあ若い男の子なら、大人の玩具なんかに頼らずに『俺のチ○ポでぉ前をイカせるぜぃ』って思うかもな」

「あっ、そういう意味なのかあ」

美月はフムフムと、妙に納得した表情になっていた。

「ところでそのメンバーと彼氏は、どのくらいセックスをしてんの？」

「確か、十回くらいかな。初めては、すごく痛かったから一回だけ。二回目は三回。そのメンバーはもう痛くなくて、だんだん気持ちよくなってきたんだって。

それで三回目は朝から夜まで、何回くらいできるか挑戦してみようってことになって、彼氏が六回射精したらしいですよ」

「マジか」

「ずるいですよねー、自分だけ十回もイッて。あたしなんて一回もイッてないのにって、メンバーが言ってました」

「うーむ」

　もしかしたらメンバーではなく、美月自身の話ではないかと育三郎は邪推《じゃすい》した。友だちの話という形式で、自分のことを語るのはよくあることである。

（まあ、ヴァージンでもブレイクして十回経験でも似たようなもんだけど）

　そして中折《なかお》れが気になる世代の育三郎は、若い男の勃起力と回復力が少々羨《うらや》ましかった。

「それにメンバー曰く、彼氏の愛撫はどこかズレてるんだって。だから、間違ったキーを押したときのコンピューターみたいに、メンバーの身体の奥でエラー音が鳴るんだって」

「そうなんだ」

「結局、いっつも彼のペース。あたしは、それに合わせてばっかり。好きだからしょうがないけど、ってメンバーは嘆《なげ》いてたの。なんだか、セックスってこんなもんなのかなって。想像してたのと違うなって。これだったら、オナニーの方が気持ちいいかもって……」

「俺は恋愛偏差値ゼロだからよくわからないけど、好きな相手だと自分のペースでセックスをしてみたいって言えないもんなの？」

「そりゃそうですよ、もしも言って彼氏に嫌われたらどうするんですか。ってあたしも彼氏がいたことないから想像ですけど」

「ふーん。若さというか、乙女の恋心ってやつか。でもまあ、俺と美月ちゃんは恋愛関係じゃないんだから、おねだりレッスンっていうか、やってみたいことやしてほしいことを遠慮なく言ってくれよな。つまり、俺を玩具にするって感じでさ」

「えー、あたしが沼袋さんを玩具にするの!?」

「そうそう。セックスってさあ、相手の身体を使ったオナニーみたいな側面もあるんだよ。だからきっと俺を究極の大人の玩具扱いした方が、気持ちよくなれるんじゃないかな」

育三郎の言葉を聞いて、美月の目が輝いた。

「それ、すっごく楽しいかも」

3

「じゃあまず、どうしてほしいのかな？」

育三郎が訊くと、とても意外な答えが返ってきた。

「キスがしたい」

「NGじゃないの？」

「そうだったんですけど、ダメ？　これから先、ドラマや映画の仕事で絶対にキスシーンがあるし、ファーストキスが撮影だと悲しすぎるでしょう」

「もしもファーストキスの設定だったら、本当に初めての方が、ぎこちなくていいんじゃないか」

「ううん。ダンスや歌もだけど、上手な人ほど下手《へた》に見せるのが上手いの。演技だって、そういうものでしょう」

「なるほど、気持ちもテクニックも再現できるってことか」

育三郎は言って、左手で美月の頬を撫で親指で唇をなぞった。さらに右手の人差し指で、アイドルの背中から首筋をツツツーとフェザータッチの愛撫。

「うふん。そうやって、背中をさわられるのも好きです」

美月の敏感な身体と素直な言葉が素晴らしい。

「いいねえ。どういうキスがしたい？」

「チュチュって感じから入って、じっくりするのがいいです。あはは」

自分の言葉に照れ笑い。

「照れなくてもよろしい。おねだりレッスンは自分がしてほしいことを、言葉にする練習なんだからね。でも、照れてるしぐさも可愛いから、照れてもよろしい。とにかく俺に任せたら、爽やかなキスなんてできないぜ。AVみたいにエロいのになっちゃうからな」

「それも、興味ある」

「ますます、いいねえ」

育三郎は、唇を重ねた。

美月の要求通りに、バードキスからディープキスを実行する。開いた唇に舌を入れると、処女アイドルは積極的に絡《から》めてきた。

懸命にこちらの舌を吸う美月の、首筋をやんわり撫でたり耳たぶを軽くつまんだりした。すると美月は、舌と唇を離して呟いた。

「んくぅうん。すごい、ゾクゾクするぅ」

ならばと育三郎は、唇と舌を首筋に這わせた。耳たぶを甘噛みして、耳の穴に尖らせた舌も刺し入れた。

「あんっ。本当は、首とか耳をさわられるのは苦手なはずなのに……。沼袋さんだと気持ちいいし、ううう っ、舐められるのは、かなり好きかも」

「じゃあ、これは？」

育三郎は首筋への愛撫を続けながら、太ももをサワサワ撫でた。足の付け根に向かって、行きつ戻りつ何度も往復させた。

「うっ、うふっ。なんか、エッチっぽい。う、上手く言えないけど、ソワソワしちゃう」

太ももを撫でていた指が、腰骨や恥毛に触れると、美月はピッタリくる言葉を見つけた。

「ううん。ソワソワじゃなくて、もどかしい感じ、です。好きです」

そして嬉しそうにこちらを向き、育三郎を真っ直ぐに見つめて言った。

「あの、いっぱいさわられながら、いっぱいキスされたい……です」

「わかった」

今度は最初から、お互いの舌を食べるように貪《むさぼ》る濃厚なキスをした。育三郎が身体中を撫で回してからギュッと抱きしめたら、美月は「んふぅ」と鼻を鳴らした。

（さて、チッパイを可愛がるか……）

まずは手の平で乳首の先端を擦りつつ、ソフトタッチで乳房を揉んだ。

「くぅーん、くぅーん」

美月は甘えた声で悶え、胸部全体を上下させた。チッパイを揉むほどに、呼吸がだんだん荒くなっていく。乳首が硬く尖ってきたのを手の平で感じたので、中指で何度か細かく弾いたら断続的な喘ぎが聞こえた。

「あっ、あっ、あっ、あっ」

育三郎は美月の耳元で、熱い息を吹きかけながら囁《ささや》いた。

「さわり方は、これでいい？」

「はい、胸がすごく感じて動揺しちゃう、ううう」

「それじゃあ、たっぷり楽しむといい」

育三郎は乳首を弾くのみならず、クニクニ弄《いじ》ったり側面を掻いたりもした。さらに焦らすためにチッパイを揉むのだが、指や手の平に吸い付く肌の感触がたまらない。

（いやいや、楽しんでいるのは俺か）

中年セラピストが苦笑している間、美月は口をパクパク開け、身体をクネクネと揺らしつつ無言で悶え続けていた。

「美月ちゃんのオッパイ、小さくて綺麗だね」

「やん、嬉しい。けどなんか、恥ずかしい」

「でもね、恥ずかしいの先には気持ちいいがあるからね」

「あっ、そっか。だから、恥ずかしいと興奮しちゃうのかなあ」

「ふふふ」

育三郎の指が軽く乳首を掠《かす》った瞬間、美月は息を止め身体を硬直させた。

「そ、それっ、触れるか触れないかぐらいのタッチ、すっごく好きぃ」

吐息混じりのおねだりをされたから、乳房の麓《ふもと》に指をシフトして頂上へ向かって羽毛タッチの愛撫。

「あー、そこ」

「ここかい？」

「その際をさわられると、気持ちいいの。けど……」

美月は焦れったいのか、さらなる要求を始めた。

「ああん、もう早く胸を舐められたい。って何言ってるんだろ、あたし」

「いいんだよ、それで。もう一回、言ってごらん」

「乳首、舐められたい」

ならばと育三郎は、美月を仰向《あおむ》けに寝かせた。

「舐め方は、これかな？」

まずはペロペロキャンディを舐める感じ。

「ひううっ」

「それとも、こお？」

チュパチュパと口に含んで舌で転がす。

「ああっ、エロすぎますぅ」

「こういうのは？」

舌を尖らせて乳首の先を、上品にツンツン突く。

「それ、素敵です。あの、あと、たまに甘噛みされるのも好きです」

「へえ。甘噛みされたことあるの？」

「そうじゃなくて……」

「わかった。オナニーのときに、自分で強くつねったりするんだろ」

「は、はいいっ」

答えるのと同時に甘嚙みすると、美月は太ももをキュッと閉じた。きっと、クリトリスに快感が伝導したのだろう。

次に育三郎は、甘嚙みしたあと変形した乳首を戻すように吸った。さらに形が戻ったら優しくしゃぶり、同時にもう片方の乳房をやんわり揉んだ。そういう愛撫を両乳房に繰り返した。

「うっく。喉が渇《かわ》いて、な、なんか、下の方がムズムズしてきちゃった」

美月が言うので、下腹部に触れてみた。淫裂周辺に手の平をあてがい、女性器全体を隠すような感じ。

「汗ばんでるね」

濃い目の恥毛が湿っていた。

「ここは、どうしてほしい？」

陰部に、少しずつ圧迫を加える。

「ゆっくり。ゆっくりさわって、ちょっと舐めてほしいかも」

言い終えて美月は、両手で顔を隠した。

「わーん、言ってて恥ずかしい、どうしよー」

まったくもって、微笑《ほほえ》ましい。

「では、ゆっくりさわるよ」

一度手を離して女性器を観察すると、薔薇色《ばらいろ》で肉厚の花弁が閉じていた。右手の中指で、そっと弄ると恥ずかしげに開いて白露《しらつゆ》をこぼす。

洞窟の入り口だけをさわっていたらピチャピチャと、子猫がミルクを飲むような音が響いた。

「やーん、ダメダメダメ。音が聞こえちゃうぅん」

美月は顔を手で覆《おお》ったまま恥じらった。

「でも、ゆっくりさわってほしいんだろう？」

「はいっ。あの、う、上の方も……」

とても素直である。

親指で、包皮の上からクリトリスを弄った。

「あー、待って、待って。それは、あっ、んうんっ、んくっ、ひいい」

言葉とは裏腹に、腰のクネクネが止まらなかった。こちらが指を動かす必要がないほど、グイグイ擦りつけてくるのだ。

「おさわりの加減はいかがですか？」

わざと、冷静に聞いてみた。

「えへっ、それってなんか、お風呂の湯加減を訊かれてるみたい」

美月は、一瞬照れた。そして、

「あーん。ゆっくりさわられるのって、すごい気持ちいいです」

身悶えながら感想を述べた。

「さわり方は、このままでいいですか？」

「えっと、もうちょっとだけ、奥に入れてほしいです。あの、指を一本だけ」

「ワンフィンガーですね」

湿った洞窟の入り口にシフトした指を第二関節まで挿入し、腹側の膣壁を押さえた。

「にゃあーん、あっあっあっ」

美月の喘ぎと共に、育三郎の指は、膣壁がうねり肉ヒダがヒクヒク蠢《うごめ》くのを感じた。

（むむ、さっき指を入れたときと反応が違うぞ）

さらに指を食い締めるかのごとく、膣内部全体が熱く息づいていた。

「ふぁあうっ。なんか、へんです」

美月はイヤイヤをするように腰を振り続け、身体が裏返ってうつ伏せになってしまった。

嫌がっているのかと一瞬思ったが、膣壁のお腹側部分を押さえている育三郎の指と手を、美月は閉じた太ももで押さえ付けたまま抜こうとする気配はない。なので、じんわり圧迫し続けた。

「何したんですか？　ヤ、ヤダヤダ。止めたいのに、止まらないの」

美月はうつ伏せで尻を浮かせ、男が正常位セックスでするように、クイクイ腰を振っていた。

「痛くないのか？」

育三郎は一応、膣口に負担がかからないよう注意していた。

「うん、大丈夫。自慰のとき、少しずつ処女膜を伸ばしたの。それに、沼袋さんが上手だから。ふぁあうっ、中ってクリと違う気持ちよさっていうか、優しい波が来るみたい」

処女アイドルはダンスで鍛えている腹直筋《ふくちよくきん》下部に力を入れ、下腹をペコンとへこませていた。どうやら、オーガズムを呼び込もうとしているようだ。

育三郎は以前、敏感すぎてクリイキはできないがヴァージンの頃からノーハンドオナニーで中イキしていた女性とセッションしたことを思い出した。

腹直筋下部と骨盤底筋群が発達していれば、処女でも中イキできる可能性はあるらしい。

「いいねえ。じゃあ、ひたすらイクことだけ考えてごらん」

育三郎が言うと、美月はしばらく快感に集中した。

「あーん、ダメ。優しい波が、ときどき来るだけみたい。深イキとか爆イキとかイキ狂うみたいには、全然ならないよぉ」

「でも最初の中イキっていうのはクリみたいに激しくなくて、穏やかすぎてイッたのかどうだかわからないくらいらしいぞ」

中イキ経験者たちによると徐々に気持ちよさがアップする、もしくはプラスアルファのミックスイキがすごいらしい。

なので腹側の膣壁を圧迫する中指はそのままに、親指でクリトリスも押さえた。つまり、内部と外部からの陰核サンドイッチ攻撃である。その際に薬指がアヌスに触れると、美月は背中を弓なりに反らせた。

「んっ、んんんっ、ひっ、ひっ、ふっ」

息を詰めながら、美月はもどかしそうに腰を振り続ける。そのうちだんだんと、薬指で放射線状の皺《しわ》をくすぐり続ける感じになっていった。

美月の腰振りは一定のリズムではなく、ときおり止まり、また激しく動く。まるで身体の奥深くにある井戸から、快感を少しずつ汲《く》み上《あ》げているようだ。

（もしかして、肛門も感じるのか？）

育三郎がそう思った途端、美月は身体を硬直させた。

「あー、もうっ。せっかくいろんなところが気持ちよくなってきたのに、やっぱ処女膜って邪魔！　沼袋さん、膣の入り口が痛くなってきたから指を抜いてください」

美月がまだヴァージンということは、内緒の彼氏とセックスを十回したのは本当に他のメンバーだったらしい。

「わかった」

育三郎はヴァギナとアヌスから、指を離して言った。

「さっき確か、舐められたいって言ってたよね。じゃあ、クンニをしようか」

そして、うつ伏せの美月を仰向けにひっくり返した。

「うわわ。人の舌で愛撫されるって、どんな感じがするんだろう……」

処女アイドルは両脚をM字に開いて、陰部に近づくセラピストの口元を見つめていた。

育三郎は唾液をまとわせ力を抜いた舌で、淫ら貝の先端に埋まったピンクの真珠をペロリと舐めた。

「ふひゃん」

「くすぐったい？」

訊いてから、クリットを包皮ごと口に含んでねぶった。

「そうじゃなくて、ひゃう、ひゃうううっ」

美月は、気持ちよすぎて喘ぎ声が出てしまうようだ。ならばとたっぷりの唾液をまぶし、膨脹して少しだけ剝《む》き出《だ》しになっている陰核の表面を舌先で細かく擦った。

「うううっ、身体中が痺《しび》れちゃうよぉ」

クリ舐めを気に入った美月は腰を揺すりつつ、自分で恥骨《ちこつ》部分の皮膚を引っ張って淫《みだ》ら豆《まめ》の露出を最大にした。どうやら包皮越しよりも、ダイレクトに舐められたいらしい。

「よし、これからクリ剝きをしてあげるよ」

育三郎が言うと美月が訊いた。

「何ですか、クリ剝きって？」

「えーとね、もっと気持ちよくなる身体にするってことだよ。大丈夫、安心して身を任せなさい」

「はいっ」

育三郎は尖らせた舌先を、包皮の左サイドから上部の奥に向かって刺し込んだ。そして、ゆっくり右サイドまで回り込む。さらに下部も舐めて、何度も回転させた。

クリ剝きとは男の包茎よろしく、包皮とクリトリスの癒着《ゆちゃく》した部分を、唾液と舌で切り離し、敏感な部分の表面積を増やす試みなのだ。

「おぅふっ。指よりも全然気持ちよくて、すぐイキそうになっちゃうかも」

美月は腰をブリッジ状に持ち上げて、クリをグイグイ押しつけてきた。濃い目の恥毛が鼻を塞《ふさ》ぐので、育三郎は少しくすぐったい。だが、めげずに舌を動かし続けた。

「あー、うん。また来る、来る、あっ、ああっ、イクイクイクッ、ひっ、またイッちゃううーん。んっ、んぐぐうっ」

絶頂を伝えるや否や、美月は太ももで育三郎の顔を思いっきり挟んだ。

4

ベッドの上、全裸でくつろぐ美月の横で育三郎も寝転がっていた。

「さっきは太ももに挟まれて、窒息死するかと思ったよ」

「ごめんなさい。でも、自分で意識してやったわけじゃないの」

「あー、大丈夫。俺も迂闊《うかつ》というか、忘れてたよ。イクときに足を閉じる女性って多いんだよな」

「ふーん、そうなんですかぁ」

「うん。美月ちゃんも、オナニーでイクときは、足を閉じるだろう」

「そういえばそうだ。足を閉じて、つま先まで、ピーンって伸ばすかも」

「足を閉じて、太ももでクリトリスを圧迫するだけで、いける人もいるしね」

「へえ、すごい」

「その人は電車の中で座ってるとき、向かいの席にイケメンがいれば、誰にも知られずに、こっそりオナニーできるって言ってたよ」

「本当に？　でも、それって便利でいいなあ」

「ちょっとしたコツを摑めば、美月ちゃんもできるかもね」

育三郎が微笑むと、処女アイドルはセラピストの額をさわった。

「あの、沼袋さんは暑くないの？　汗びっしょりですよ」

「あー、本当だ。着替えようかな」

育三郎は、タンクトップにハーフパンツという格好だった。

「脱いじゃえばいいじゃん。だって、あたしだけ裸だと恥ずかしいもん」

言いながら美月は、育三郎のタンクトップを捲《まく》った。

「ちょっと休んだら、吸うやつとか他の玩具を試してみるかい？」

「んー、どうしよっかなあ。っていうかぁ、玩具は持って帰って使ってみるから、もっと違うことがしたいなあ」

「違うことって？」

「つまりぃ、バイブも使ってみたいし、やっぱり処女膜は邪魔だからセックスをしてもらおっかな……って思っちゃった」

「い、いいのかい。好きな男が相手じゃなくても？」

育三郎は美月の発言に驚いた。

「沼袋さんのこと好きよ、別に恋愛の相手って意味じゃないけど。それに誰かと付き合い始めてエッチな気分になったとき、ヴァージンのままだと痛くて気持ちよくなれないでしょ。あたしは、そっちの方がイヤだな」

「な、なるほど」

育三郎は、ふむふむと頷いた。恋人との初エッチでは、気持ちよくなりたいという考え方は一理あると思えた。

「それに処女ってわかると躊躇《ちゆうちよ》する男もいるだろうし、逆にヴァージンだと嬉しいって喜ぶ男はキモいし」

「確かに、たいていの男はそのどっちかだな」

「でしょう。だからヴァージンブレイクは、恋愛と関係ないところで済ませておきたいの」

「そういやあ、俺の初体験の相手も貴方が二人目って言ってたな。最初の人は、痛かったとか気持ちよくなかったとかで、初エッチのあと少しして別れちゃったってさ。二人目って言われると、男は気持ちが楽になるんだよな」

「あっ、そのエピソードいただき！」

「ちなみにその女の子は童貞好きで、みんなに二人目って言ってたってオチがあるんだけどね」

「ふふふ、面白い。あっ、沼袋さんったら、すっかり硬くなってるのね」

美月は、タンクトップとハーフパンツを脱いでボクサーショーツ姿になっている育三郎の股間の膨《ふく》らみを見ていた。

「そりゃあそうだよ、美月ちゃんをずっと愛撫してるんだから」

セラピストが言うとアイドルは、隆々と勃起したオスの欲望器官をボクサーショーツ越しに触れた。そして、硬度を確かめるためなのか強く握った。

「こんなに硬くなってるなら、あたしの膣に入れられるよね」

美月は、さっさとヴァージンブレイクしたいようだ。

「もちろん」

「あっ、そうだ。男って手コキとフェラチオ、どっちが気持ちいいの？」

「たいていは、フェラでゴックンさせるのが好きだろうな」

「沼袋さんは違うの？」

「まあな、手や指での愛撫の方が、複雑なことができるからな」

「ふーん。ヴァージンじゃなくなったら、手コキとかフェラも教えてね」

「お安い御用だ」

育三郎は言いながらボクサーショーツを脱ぎ、コンドームを仕事用バッグから取り出しサクッと装着した。そして仰向けで待っている美月に覆い被《かぶ》さり、剛直《ごうちょく》ペニスを濡れ濡れのヴァギナにあてがった。

「うふふ、これがあたし専用のナマバイブ」

美月は嬉しそうに言い、手を伸ばし猛《たけ》っている男のシンボルを握った。

「さっき自慰のとき、少しずつ処女膜を伸ばしたって言ってたよな。どういうふうにやってたんだい？」

「確か、ネットの記事で読んだのかな。指が三本入れば、初体験のときに痛くなるって書いてあったから、少しずつ試してみたの。でも二本入った辺りで、面倒臭くなって止めちゃった。だって、すんごく時間がかかるんだもん」

「そっか」

育三郎が亀頭を少しだけヴァギナの入り口にめり込ませると、美月はつらそうに眉間《みけん》に皺を寄せた。

「痛い。あ、あの、ちょっと痛い」

「大丈夫、身体の力を抜いてごらん」

ゆっくり少しずつ挿入しようと動いたのだが、美月は「ひいっ」と呻《うめ》き、腰をひねって逃げた。

「かなり痛いのかな？」

「へ、平気」

美月は言うが、タートルヘッドが膣口に触れるたびに、腰を上下や左右にひねって避け、あげくの果てにジリジリと後退した。

「怖い？」

「そんなことない」

「でも、腰が逃げてるよ」

「に、逃げてないもん」

心は求めていても、やはり身体が怖がっているのだろうか。

なんとかリラックスさせる方法はないかと考えながら、育三郎は美月の腰を両手で抱いて固定した。

クリトリスが感じることは確認済みなので、入れるよりもまず性器同士を擦り合わせるのはどうだろう。

左右の大陰唇の間にペニスを挟んで密着させ、腰をクネクネと動かした。竿部分が濡れた小陰唇に包まれ、クリトリスとペニスの裏スジ部分がヌルヌルと擦れた。所謂、マンズリである。

「あう。せつない、なんかせつないっ。あうっ、あううううっ」

美月は肩をすくめながら、育三郎の上腕二頭筋《じょうわんにとうきん》辺りを遠慮がちに摑んだ。そして、自分の足をセラピストの尻に巻きつけ密着感を強めた。

育三郎が首筋に舌を這わせると、こわばっていた美月の身体がぐんにゃりしてきた。もうそろそろ、大丈夫だろう。

「それじゃあ、入れるから」

オスの欲望器官を、再び蜜壺《みつつぼ》にあてがいめり込ませた。ジワリジワリと、小さく狭い場所の肉ヒダを掻き分けるように侵入していった。両手で腰を固定しているから、美月はもう逃げることができない。

「い、いっ、たっ、ひっ……」

目を閉じた美月は、腰を押さえている育三郎の両手首を強く摑んだ。

「我慢できないのなら、止めてもいいんだよ」

すでに亀頭が半分埋まっているが、もっと強引に力を入れなければ押し戻されそうだった。

それに、苦痛に耐える美月の表情を見ていると、自分がとてもひどいことをしているような気になってくる。

「イヤッ、止めないで！」

美月は顔をブンブン横に振ってから、真っ直ぐに育三郎を見上げてきた。瞳からは、絶対にヴァージンブレイクしたいという強い意思が伝わってきた。

頷く代わりに育三郎は、グイッとペニスを押し込んだ。

「ひっ」

美月は呻き、身体がギクンッと揺れた。

瞬間、プツッという音が聞こえたのは、気のせいだろうか。今まであった抵抗感が無くなり、肉棒はすべてアイドルの洞窟に埋まった。

「ああああっ、沼袋さんっ」

美月は、驚いたように目を見開き息を呑んだ。

育三郎は、繋げた身体を動かさなかった。ブレイクしたばかりの膣内部は、とても温かくて柔らかい。美月を強く抱きしめ、頭を撫で、額に浮かぶ玉の汗を唇で吸い取った。

「はあぁ、すごい、あたしの中、沼袋さんでいっぱいになってる」

美月が嬉しそうに笑みを浮かべ、育三郎は頷いた。

「痛みの方は、どうなってる？」

「膣の入り口はズキズキするけど、奥の方はそこそこ気持ちよくて、さっきみたいな優しい波が来るかも」

美月は言って、もっと深く入ってきてくれとばかりに、育三郎の尻に絡めた足にグッと力を入れた。

「クリとは違う快感ってやつだな」

育三郎が屹立《きつりつ》をビクンビクンと動かすと、美月は苦悶《くもん》の表情を浮かべた。

「うん、そう。だけどダメ、やっぱオチンチンが動くと、痛くて全然快感に集中できない」

「じゃあ、今日はここまでにしとこうか。とりあえず、ヴァージンブレイクできたわけだし。きっと数日で、痛いのは治って気持ちよくなれるさ」

育三郎は言って、ペニスをヴァギナから抜いた。そして避妊具を陰茎から外し、ティッシュに包んでゴミ箱に捨てた。ちなみに、コンドームには血がほとんど付着していなかった。

「あのね、沼袋さん……」

美月は、ティッシュで陰部を拭きながら言いよどんだ。

「さっき言ってた、あれだろ。手コキやフェラを教わりたいんだっけ」

「ううん、今はそうじゃなくて……。えっと膣は限界だけど、アナルならもっと動かしても平気だから、オチンチンを入れてもらえませんか」

「んんん、アナルセックスがしたいってこと？」

「そうなの、誰にも言ったことがないけど……。膣を指で広げたりするより前に、挿入される感覚を知りたくなったのね。それで、アナルに指とか制汗スプレーの缶とかを入れてオナニーしてたら、すごく気持ちよくなっちゃって。クリとは違う優しい波が来る快感も、最初はアナルで感じてたから……」

だから、アヌスに指が触れたときに腰を動かしまくったのだなと理解した。

そうした美月の告白を聞きながら、育三郎は仕事用バッグから新しいコンドームと潤滑剤を取り出した。

「わかった、アナルセックスをしてみよう」

「いいんですか」

「もちろん」

育三郎は美月の要望に応えてあげたい気持ちだけでなく、Ｇスポットやポルチオ、骨盤底筋群をアナル側からアプローチすることに興味があった。
膣とアヌスの両方に指を入れたことのある男ならわかると思うが、その隔たりは薄い皮膚一枚である。当然、同じ箇所が感じるるし、ポルチオに関してはアナル側からの方が感じる女性もいるのだ。

そして育三郎は潤滑剤をアイドルのアヌスと、新たなコンドームを装着した勃起ペニスに塗《ぬ》った。

「美月ちゃん、アナルオナニーのときは、どういう格好だった？」

「たいてい、仰向け」

「よし。じゃあ、正常位でアナルセックスだな」

そう言って、育三郎は仰向けの美月に腰枕をした。そして、タートルヘッドをアヌスにあてがったら美月が言った。

「沼袋さん、アナルならピストン運動しても、全然大丈夫だからね」

どうやら制汗スプレーの缶などを入れて、ズコズコとピストンさせたオナニー経験があるらしい。

ならばと、亀頭を押し進めた。すると潤滑剤の効果もあるだろうが、ズルリとほとんど抵抗感もなくペニスが根元まで埋まってしまった。

ＰＣ筋を使って肉竿をビクビクさせたり、腰をユラユラ動かしたら、美月はのっけから喘ぎ始めた。

「うおぉん、すごく気持ちいいところに当たってるぅ」

アヌス越しに、Ｇスポットかポルチオを刺激しているのだろうか。などと思いつつ、軽くピストンしたらグポッ、グポッといういやらしい音が鳴った。そして同時にキュキュッと締め付けられた。

（そうか、直腸の奥にあるコールラウシュ襞を通過してるんだな）

アナルセックスを好む男女は、たいていここがけっこうな性感帯らしい。

（とにかく、かなり自己開発をしていたみたいだな）

育三郎は、男根をゆっくり抜く動きをする。亀頭だけがアヌスに埋まるポジションに戻した。

それから数秒かけてジワリジワリ奥まで入れると、とろけそうな快感が男性自身から全身を巡る。また数秒かけて入り口まで戻りつつ、美月の首筋を舐め耳たぶを甘噛みした。

「んっ、うふぅ。ううっ、あっ。あはぁあああっ」

美月はもどかしげに喘いでいたが、次第に深呼吸をするがごとく、陰茎が入るときには空気を吸い込み出ていくときには吐き出し、ゆったりと悶えた。

育三郎は、もっと強い刺激が欲しくなったので激しい抜き差しを試みた。上体を起こして十数回のピストン運動をして、急ブレーキをかけるように動きを止めた。

すると、ペニスから脳まで快感の稲妻が走る。続けて、じんわりした余韻《よいん》が全身を巡った。これはライトな亀頭ドライオーガズムで、たまらなく気持ちいいから何度も味わって楽しんだ。

「ひっ、あああっ、いいっ」

美月もせつなげにわななく。もしかしたら、育三郎のドライ快感がシンクロしているのかもしれない。

「アナルで出し入れされると、気持ちいいのかい？」

「そうなの、お尻の穴、すごい気持ちいい。あとね、手マンされたときと同じ優しい快感の波が押し寄せるっていうか……」

美月の言葉を聞きながら、育三郎は彼女の両乳首をつまんだ。そして、クニクニ愛撫しながら訊いた。

「もしかして、優しい波がだんだん大きくなってきた？」

「わかんないけど、いろんなところが感じるっていうか、あひゃああん。乳首も気持ちいいんっ」

美月は身悶え、両手をビーナスの丘へ伸ばした。片手で包皮を剝き、もう片方の手でバンバンのピンク真珠を弄り始めた。

「ヤバぃいい、深いぃいいい」

美月は、朦朧《もうろう》として育三郎を見つめた。男根によってアヌスと経由している膣内の性感ポイント、自らの指で陰核、そしてセラピストの手で乳首を可愛がられ、おそらく全てをミックスした快感が脳天を貫《つらぬ》いているのだろう。

育三郎がピストンスピードをアップすると、美月は陶酔《とうすい》し恍惚《こうこつ》の笑みを浮かべた。

「そこいい、うわっ、それもヤバい。そこもっとちょうだい、ねえ突いて、気持ちいい、あああ、ダメェ、もうイキそう」

美月は、すっかりおねだり上手になっていた。気持ちよさをしっかり伝えてくれるので、育三郎も嬉しかった。最終的に乳首を強く抓《つね》られることがトリガーになって、美月は絶頂に達した。

「沼袋さん、美月は沼袋さん。あたし、アナルでイッちゃうぅうん……。ふひゃああん、イッちゃったぁあんっ」

呼吸を荒らげる美月の頭を、育三郎は手を伸ばし優しく撫でた。

第四章　ご主人様とペットごっこ

1

「最近、寝る前に電子書籍で官能小説を読むのにハマっているんです」

里穂《りほ》がちょっと早口で言うので、育三郎はゆっくり喋《しゃべ》ることにした。

「増えてるらしいですね、そういう女性」

火曜の二十三時。

元ハメ撮りAV監督の沼袋育三郎は、竹宮《たけみや》里穂という二十八歳のホラー漫画家と電話をしている。もちろんカリスマ女占い師・上川名ナオミが運営する、恋愛と性の悩みに関するメール&電話&エスコートサービスの仕事だ。

里穂は少女向けのホラー漫画誌の看板作家で、その雑誌の占いページをナオミが担当していた。

二人は対談企画で知り合い、里穂は占いのヘビーユーザーになったそうだ。そして今回は、性の悩み相談というより新連載のための取材協力だった。

里穂は、猟奇的《りようきてき》な恋愛漫画を描きたいそうだ。なんでもイケメン狼に恋をした、深窓《しんそう》の令嬢である赤頭巾《あかずきん》ちゃんという内容だとか。

「赤頭巾ちゃんは、自ら進んで狼の家で監禁されるんです。それで檻《おり》の中で、全裸に赤い首輪だけで鎖《くさり》に繋《つな》がれて、飼《か》われてしまうんです。キャーッ、素敵だと思いませんか？」

そう説明され、少女向けのホラー漫画にしては、過激すぎるのではないかと思った。なので、大人の女性向けの媒体なのかもしれない。

とにかく里穂は性に関して少々疎《うと》いので、フェティッシュでアブノーマルなマニアック世界のことをレクチャーしてほしいという注文だった。

「最初は取材というか、新しい作品のために勉強だと思って読み始めたんですけど、官能小説も奥が深いですね」

里穂の言葉に、育三郎は同調した。

「そうですよね。でも興奮して、眠れなくなったりしないんですか？」

「逆ですよ、主人公を自分に置き換えて眠ると、エッチな夢が見られるし。興奮しすぎたら、ツボにハマったシーンを思い出しながら、サクッとオナニーして、ぐっすり眠れるし」

なんと、いきなりオナニーの話をするとは驚いた。性に疎いどころか、けっこうカジュアルにセックスをする性格なのかもしれない。

「なるほど。ちなみに、どんなシーンがツボなんですか？」

「いろいろあって、日によって違うんですよ。昨日は、命令されて、見られながら、おしっこを強制的にさせられるってところで、グッときました」

「ははあ、羞恥《しゅうち》プレイがお好みなんだ」

「そう、それです。今は羞恥系のプレイがツボ。でもそれだけじゃなくて、ＳＭっぽい命令をされて、いろいろご奉仕させられるのも好き。自分の好みじゃなくて、命令する相手の色に染まりたいっていうか。ご主人様とペットみたいな関係が理想的なんですよね」

「そういうのが、描きたいんですもんね。映画に喩《たと》えるなら、変態版の『マイ・フェア・レディ』って感じですかねえ」

「あっ、それ素敵っ。メモメモ。キャーッ、卑猥《ひわい》っ。ヒギンズ教授にヘップバーンが調教されちゃうんですね」

「さすが漫画家、想像力が逞《たくま》しいですねえ。竹宮さんってSMっぽい内容の調教を、したりされたりの体験はないんですか？」

一応訊いてみると、ほぼほぼ予想通りの答えが返ってきた。

「そんなの、無理無理。忙《いそが》しくて時間もないし、妄想《もうそう》ばっかりです。相手がいたとしても勇気もないし、へたれですから」

「そっかあ、そうですよね」

「体験取材を、してみようと思ったことはあるんですけどね。SMクラブにお客さんとして行って、女王様にいろいろしてもらうとか。でもレズビアンの気はないので、女相手だと余計にハードルが高いんですよね。

むしろM女として勤めて、お客さんにいろいろしてもらう方がいいかもって真剣に考えました。それで面接の電話をかけて、相手が出たら怖くなって切っちゃいました。てへっ」

会話の中で声を出し、「てへっ」って言う人と話をするのは初めてだった。

「出会い系アプリやSNSで、相手を探したことはないの？」

「あるけど、駄目でした。実際に会うのって怖いですよ。よく知らない人に身体を任せるのって、怖がりだからできない。ってことで、諦《あきら》めてたんです。けどナオミさんに相談したら、そういうことの専門家だって沼袋さんを紹介された、ってわけなんですよ」

つまり里穂は、育三郎を相手にSMプレイの体験取材をしたがっている。ならば上手に誘導すれば、太客《ふときやく》にできる可能性ありということだ。

「そりゃ、光栄です」

育三郎が言うと、里穂は遠慮がちに尋ねた。

「あの……一回、電話を切ってかけ直してもいいですか？」

「はいはい。どうかしました？」

「あはっ、ちょっとトイレです」

だったら取材熱心な漫画家に、貴重な体験をさせてあげようと思った。

「じゃあ、電話は切らないでトイレに入りましょうか」

「えええっ⁉」

「命令されて見られながら、おしっこを強制的にさせられるっていう、昨夜の官能小説のツボを、もっとリアルに体験できますよ。見られるわけではなく、まだよく知らない相手に、恥ずかしい音を聞かれてしまうだけですが」

「ほ、本気ですか？　緊張で出ないかも」

里穂は、戸惑いつつも興味を示している。さすが漫画家、旺盛《おうせい》な好奇心が羞恥心を上回る可能性ありな感じ。なので、もう少し押してみることにした。

「試してみる価値はあるでしょう。とにかくこのまま、トイレに入って下着を脱いで、便座にしゃがんでごらん」

「で、でも……」

里穂は戸惑っているようだが、ご主人様とペットごっこを実現するならば、Sにはある程度の強引さが必要だし、M側には命令されたから仕方なくという理由も必要なのだ。

「羞恥プレイの体験取材という意味でも、この機会を逃す手はないと思いますよ。初回だけですからね、今の葛藤《かっとう》を味わえるのは。二回目は慣れてしまって、恥ずかしさも半減してしまうから」

里穂は黙っていた。だがしかし、次第に息が荒くなっているのがわかった。尿意と羞恥心が、戦っているのかもしれない。

「動揺してるね。うん、動揺がこっちまで伝わってくるよ。この動揺を味わえるのも、今、ならではですよ」

「で、でも……」

ここで、駄目押しの一言。

「でも、じゃなくて、はい、と返事をしなさい」

「……は、はいっ」

決心をした里穂の、良いお返事。声色が、ちょっと高めに変化していた。直後にスリッパでフローリングの床を歩く音、ドアが開く音、ゴソゴソと衣擦《きぬず》れの音が聞こえた。トイレに入って、下着を脱いだのだろう。

「も、もう我慢の限界なんです。こ、こっちを見ないで。やぁん、音も聞かないでくださいっ」

昨夜の小説なのか、即興で作ったセリフなのかはわからない。だがカワイコぶっているというか、アニメっぽいというか、つまり、キャラクターを作っている感じだった。

「出るっ、出ちゃうっ。い、いやっ、いやぁあああっ」

甘い悲鳴に混じって、チョロチョロと流れる小川のせせらぎのような音が聞こえてきた。

「ちゃんと聞こえてるよ、おしっこの音が」

「いやいやっ、言わないで。あっ、あっ、ああーっ」

排尿感というのは一種のエクスタシーだと思うのだが、それ以上の性的快感が混じっている喘《あえ》ぎ声である。そんな、悩ましい悶《もだ》えはしばらく続いた。どうやら、おしっこを出し終えオナニーに突入しているらしい。

「ご主人様っ！」

里穂はそう叫んで、ブツッと電話が突然切れた。感じすぎて通話終了ボタンを押してしまった、もしくは嫌になってしまったかもしれない。

（調子に乗りすぎたかな……）

育三郎は、少々の不安を抱えつつ待った。すると十分後に、もう一度電話がかかってきた。

「すいません、急に切れてしまいました」

里穂の声は、作ったキャラではなく元に戻っていた。

「大丈夫ですよ、電波状態が悪かったのかもしれませんね。昨夜と比べてどうでしたか、初羞恥プレイ体験は？」

「すごく、勉強になります。沼袋さんって、調教がお上手なんですね。一気にスイッチが入っちゃった」

里穂は、あっけらかんとしている。

「さっき、ご主人様って叫んでいたね」

「あっ、聞こえてましたか。なんだか、新作の主人公になりきってたみたい」

「役に立ったのかなぁ？」

「すごく。もう今、頭の中でアイディアが、ドドドーッて、ナイアガラの滝みたいになってます」

「じゃあ、これからお仕事ですか？」

「はい。あのですね、今後調教されるときは、沼袋さんのことをご主人様って呼んでもいいですか？」

「いいですよ。じゃあ、ぼくは竹宮さんをどう呼ぼうかな」

電話で可能な調教など限られているから、近いうちに里穂とＳＭプレイを実践《じっせん》する予感がした。

「マジュって呼んでください。真珠と書いて、マジュです」

「里穂ではなくて、真珠？」

「新作の主人公、真珠って名前にしたんです。それで、はい。いろいろ教えていただきながら、ご主人様と真珠の関係をシミュレーションしたいんです」

つまりは、段階を踏んでご主人様とペットごっこをすればいいわけである。

「わかりました、真珠ちゃんだね」

「できれば、呼び捨てで」

「わかったよ、真珠」

「うふっ。じゃあ、ご主人様、また電話しますね」

里穂は、嬉《うれ》しそうに言って電話を切った。

2

翌週、火曜の二十三時に二回目の取材である。予約時に里穂から、スカイプで顔や仕草を見ながら話をしたいとリクエストがあった。

(もしかして、前回よりも一段階進んだ羞恥プレイを望んでいるのかな?)

そんな期待も抱きつつ、育三郎はモニターの前に座っていた。

「こんばんは。ちょっとお酒を飲みながら、ひさしぶりにゆっくりしてます。あはっ。沼袋さんって、優しそうなオジサマって印象なんですね」

モニターに映った里穂は、そう言って微笑《ほほえ》んだ。どことなく、疲労感が漂《ただよ》う表情をしているのが気になった。だが黒目の割合が大きい、つぶらな瞳がとても可愛らしかった。

そしてストレートの黒髪ロングヘアで、雛人形《ひなにんぎょう》みたいな和風顔のメイク上手な雰囲気美人だった。

ゴテゴテした少女趣味の飾りが付いた真っ黒いドレスを着ているので、八〇年代のアパレル店員っぽくもあるし、タロット占い師みたいでもある。ちょっと浮《うき》世離《よばな》れしていて、「妖精が見える」とか言いそうな感じもした。

「こんばんは。竹宮さんこそ美人だけど、もしかして今夜は疲れてます？」

「わかりますか。このところ締め切りが重なって、修羅場《しゅらば》続きだったんです」

締め切りは漫画の原稿を納品する日のことで、修羅場というのは締め切り直前の追い込み作業のことらしい。

「お酒は何を飲んでいるんですか？」

「梅酒です。一杯だけ。あんまり強くないんです」

「そうですか」

「ああん、もうっ。真珠になって、ご主人様に甘えて依存《いぞん》したい。そのために電話を予約したのに……」

里穂は、急に叫んだ。

「疲れすぎて、この間みたいに羞恥プレイする気力もない。ごめんなさい、ただの愚痴です」

そしてすぐに謝りつつ、とても不機嫌そうな表情になった。もちろん、育三郎に向けたわけではなく単なる自己嫌悪という感じである。

「大丈夫ですよ、愚痴を聞くのも仕事ですから。ぼくのクライアントはキャリアウーマンどころか、一流企業の管理職や官僚とかベンチャー企業の社長をやっている女性たちも多いんです。

けっこう皆さん、ストレスを抱えておられて、完全依存の時間を欲しがっていますよ。漫画家の仕事も同じなんですねえ」

「つまり、ハードに働く女に共通するストレスってことなの？」

「いつも、仕事で意見を求められて指示している。自分の意見が通るのは快感だけど、度が過ぎると、それがストレスになってイライラしてくる、っていう人が多いですかね」

「わっ、すっごくわかります。仕事ではアシさんたちみんな、どうでもいいことまでいちいち私に指示を仰いでくるから。プライベートで、すべてを誰かに任せちゃう時間がほしくなるんですよ。誰かって言っても、誰でもいいってわけではないですけど」

ちなみにアシさんとは、アシスタントのことである。

「安心と信頼で結びついた誰かに、甘えて依存したいってことですよね」

話をしているうちに、里穂の表情はずいぶんと和《やわ》らいでいった。

「その通りです。あっ、これどうですか？　漫画の資料用にネット通販で買ったんですけど」

里穂は赤い蠟燭《ろうそく》、フェイクファーをあしらった可愛い手錠、ショートサイズのバラ鞭《むち》を見せてくれた。

「試してみたの？」

「手錠は嵌《は》めてみました。鞭と蠟燭は使い方がよくわからないし、ちょっと怖いのでまだ試してません」

「それ、あまり熱くない蠟燭と、たいして痛くない鞭だよ。だけど、まあ、そうだねえ。一人で試しても、アレだ。自分で足の裏をくすぐっても笑えないみたいな感じになるだけかもね」

「やっぱり沼袋さんは、こういうのを使ったことがあるんですね。さっき言ってた管理職や、社長をやっているクライアントたちと」

「まあ、そうですね」

「どういうことをしたのか、聞かせてくださいよ」

「とりあえず、たいていの場合ソフトＳＭだね」

「ソフトＳＭって、なんですか？」

里穂に訊かれて育三郎は、痛いのも熱いのも苦手だけど、目隠しされたり手首を拘束《こうそく》されたりとかに興味ある人たちが、セックスの前戯にＳＭっぽい雰囲気を取り入れて楽しむことだと説明した。

「よく知らないですけど、ＳＭって縄で縛って痛いのとか熱いので脅して、無理矢理犯しちゃう怖いことだと思ってました」

「あー。それは陵辱《りようじよく》系の官能小説とかＡＶとか漫画とか、フィクションの世界のだよね。無理矢理犯されていつの間にか感じてしまうとかって、非実在Ｍ女の感情っぽい。実在Ｍ女の人は、合意のプレイだからね」

「じゃあ、無理矢理犯されて、いつの間にか……ってないんですか？」

「奥さん、口では嫌がってても身体はそう言ってないぜ……みたいなのかな？」

「あっ。それ、日活《にっかつ》ロマンポルノっぽい」

「あはは。よく知ってるね」

「えへへ、まあ」

「本当の無理矢理なら犯罪だし、無理矢理でお願いしますって頼まれたら、プレイとかごっこ遊びの世界だよね」

育三郎の意見に納得し、里穂は大きく二回ほど頷《うなず》いた。

「もっと聞いてもいいですか？」

「もちろん」

「自称ドMのアシさんがいるんです。でもまだ本格的に緊縛《きんばく》されたことがないから、いつか縄酔《なわよ》いしてみたいって言ってたんですよ。縄酔いって何？」

「緊縛好きの人の中には、縄で縛られるとお酒に酔ったみたいな、いい気分になっちゃうタイプがいるらしいですよ」

「まんまの意味かあ。でもそんな人、本当にいるんですか？」

「ソフトSMじゃなくて本格派だと、エッチなことは全然されたくなくて、上手に縛られるだけでいいという人たちもいますからね」

「奥が深いんですねえ」

里穂は、感心しつつメモを取った。そして、次の質問をした。

「ＳＭプレイで、鞭で打たれる人は痛いのが好きなんですか？　それとも、痛いのが気持ちいいんですか？」

「竹宮さんは、取材熱心だね。でもこんな詳しいこと、恋愛ホラー漫画に必要なの？　本格ＳＭ漫画じゃあるまいし」

「教えてもらったことを、全部使うわけじゃないけど、知ってるのと知らないのでは作品の出来が違うんですよね。ほら、物語の細部に神が宿るって言うじゃないですか」

「失礼しました」

育三郎もクリエイターの端《はし》くれだったので、里穂の気持ちはよくわかった。

「結局、鞭で打たれるのが好きな人って、痛いと気持ちいいの神経回路が入れ替わっているんですか？」

里穂の質問に、育三郎は医者ではないから正確にはわからないと、前置きしてから答えた。

「もしかしたら、そういう人もいるかもしれないけど、たいていの場合は違うでしょう。痛みは気持ちいいわけなくて、やっぱり痛いと思うんだよ。だって、痛みは生物を危険から守る身体の信号でしょう。

それが気持ちよかったら身の危険を反射的に避けようとしなくなるわけで、危険どころか死んじゃいますよ。だから、生理的に痛みを快感と感じる人なんて、ほとんどいないと思うんだ」

「じゃあ、どうして……」

「うん。ＳＭバーとかでハード系の連中に訊いたら、痛みそのものより耐えることが気持ちいいらしいよ。つまり痛みが和らいでいくときに、快感が混じるみたいな感じなんだって。

んでソフト系の連中だと、鞭やスパンキングの場合は打たれている音、蠟燭なんかは雰囲気が好きらしいよ」

育三郎は言うが、里穂は納得していないようだった。

「わかったような、わからないような。縄酔いのこともですけど、本格派の人たちの気持ちを理解するのは難しいですね。だって普通はみんな、痛いのは嫌じゃないですか」

「そうかなあ、嫌じゃない痛みもあると思うけど」

「例えば？」

「うーんと……。暴漢に強姦されて処女を奪われたら、口惜しくて心も身体も深く傷つくだけでしょう。でも好きな男との初体験なら、同じ処女喪失の痛みだって愛しいみたいな」

「あっ、それはすごくわかりやすい」

里穂は言って、漫画に使えそうなエピソードだと付け加えた。

「逆もあるかな。痛みを伴ったことまで受け入れてしまったのだから、私はこの人が好きに違いないって思い込んでしまう乙女心というか。それってストックホルム症候群だっけ？　んんん、違うかな？」

「わたしが描きたいのも、そういうやつです」

「ですよね。んで、痛みそのものが気持ちいい人はね……」

「はいっ」

「激辛料理が好きな人、みたいなもんらしいですよ」

「はいっ？」

「痛いのが気持ちいいのは、辛いのが美味しいみたいなもんだって言ってましたよ、うん。人によって、辛さを楽しむ度合いって、違うじゃないですか。中辛でヒイヒイ言う人もいれば、次の日のトイレでも苦労するような激辛を好む人もいる…みたいな」

「はいはいっ。あっ、へぇーっ、面白ーい、目から鱗《うろこ》だ。もうっ……なんかすごいことを教わってる気がする」

里穂は感激しながら、キラキラした眼差しで育三郎を見つめた。

「いやあ、照れますなあ。しかし、ぼくはほとんどする側だから、される側の感覚はある程度しかわからないけどね」

「えっ、沼袋さんはM側になったこともあるんですか？　縛られたりとか、鞭打たれたりとか、蠟燭垂らされたりとか」

「まあ、一応。される側の気持ちが全然わからないと、する側としても上手にできないからさ」

「すごーい、信頼感が爆上がり。もっといろいろ、お話を聞きたくなりました。そうだ！　わたし、今週はオフなんですよ。明日とかお会いして、ゆっくり体験取材させてもらえませんか？　確か業務提携しているホテルの、レディースプランを利用すればいいんですよね」

「そうですけど、体験取材？　お試し体験がしたいってことですか？」

「はい、ぜひぜひ。すべてお任せで」

ビジネス的にはありがたいが、まったく突発的に話が進展したものである。

（疲れるとセックスをしたくなるのは、男も女も同じなのかもしれんな）

育三郎はそう思いつつ、スケジュールを確認した。

「えーと明日は、二十時からなら大丈夫ですね。予約はこちらで入れておきますが、一時間前までに確認の電話を事務所までお願いします」

「やったー。それじゃあご主人様、こちらこそよろしくお願いしまーす」

里穂はウキウキ口調で言って、スカイプをオフにした。

3

明けて、水曜日の二十時。

育三郎は、里穂が宿泊するホテルの三〇〇四号室のドアの前にいた。フロントに寄ってカードキーを受け取り、エレベーターに乗る。部屋の前に立っても、ノックもせずチャイムも鳴らさなかった。

そうしてくれと、事前に貰ったメールに書いてあったからだ。カードキーでロックを解除し部屋に入ると、自動的に、天井灯がパッと点いた。つまり、室内は真っ暗だったわけである。

（あれ、里穂はまだチェックインしていないのか？）

そう思いつつ育三郎は、奥のソファまで進んでショルダーバッグを置いた。ソファの前にあるテーブルには、ゆうべ見せてもらった赤い蠟燭と、フェイクファーがあしらわれた手錠やバラ鞭があった。

「お帰りなさい、ご主人様」

いきなり声がしたので振り向くと、ベッドの陰に里穂がおり、床にペタンと座っていた。

「ビックリした。まったく、気がつかなかったよ」

「うふふ」

里穂はシャワーを浴びたあとなのか、白いバスローブを着ていた。よく見ると、それだけではない。オシャレな細いチェーンのリードが付いた、赤い首輪もしていた。

「もう、ペットの真珠になりきっているんだね」

「はいっ、ご主人様」

里穂は言って、ニッコリ笑った。

「つまり、ここはぼくの部屋で、キミは監禁されている設定。だから〝お帰りなさい〟ってことなんだね」

　ご主人様とペットごっこは、もう始まっている。

「そうです。ご主人様、調教よろしくお願いします」

　里穂は正座し、指先を床について深く丁寧なお辞儀をした。

「それはなんだか、ＳＭクラブみたいな挨拶《あいさつ》だなあ」

「えっ、そうなんですか。ブログとかＳＮＳにいるエスエマーは、みんなこの挨拶だったから……」

「ちょっと、ステレオタイプすぎて陳腐《ちんぷ》に思えてしまうけど、まあ好き好きというか。とりあえず、初心者は挨拶からだと世界に入り込みやすいからね」

　育三郎は薄闇を作るため、窓際にあるスタンドライトのスイッチをオンに、天井灯をオフにする。そして、ソファに腰掛けた。

「真珠。こっちへ、おいで」

　そう言うと、里穂は立ち上がろうとした。

「それじゃあ駄目だよ、真珠はペットなんだから。リードを口に咥《くわ》えて、ワンちゃんみたいに這《は》っておいで」

　里穂は素直に、赤ん坊がハイハイする格好で近づいてくる。犬と言うよりも猫、いやむしろ尻を左右に振る感じは女豹《めひょう》っぽい。そして、ゆっくり育三郎の足元まで来て、また正座した。

「これも、ペットには必要ないね」

育三郎は、バスローブの腰紐《こしひも》を解《ほど》いて前をはだけさせた。脱いだら全裸かと思ったが、下着姿だった。

「あれ？　漫画の真珠は全裸に赤い首輪だけで、監禁されているんじゃなかったっけ？」

「ごめんなさい。そこまで徹底する、勇気がなくて」

「いや、可愛い下着だからいいよ。なるほどね、いきなり全裸よりも全然エロティックかもな」

ブラジャーもTバックパンティもベースはピンク色で、白いレースのフリフリした飾りがたくさん付いている。赤い首輪を苺《いちご》に見立てれば、まるでショートケーキみたいだった。

（ほほお。なかなか、男好きする身体だな……）

ブラジャーのサイズが小さめなのか寄せて上げるタイプなのか、柔らかそうな推定Dカップの乳房の谷間が強調されていてじつに美味《うま》そうだった。思わず顔を埋《う》めて窒息したい衝動《しょうどう》に駆られるが、踏みとどまって視線を下げる。

下腹が少々出ていたが、緩《ゆる》んだ熟女の身体とはあきらかに違う。まだ皮下脂肪《ひかしぼう》にも張りがあり、太ももも同様だがムチムチ加減がたまらない。さらに、チラリと見えた尻も柔らかそうだった。

漫画家は家仕事で出歩かないからだろうか、上半身に比べて下半身全体が太めである。

(肌の白さも一日中家の中にいて、太陽の光を浴びないからなんだろうな)

育三郎の、舐《な》めるように女体を見つめるエロ視線に耐えかねたのか、里穂はブラジャーとパンティを手で覆《おお》って隠した。

「な、なんか恥ずかしいです」

下を向き、モジモジしている里穂をよそに育三郎は赤い蠟燭を手に取った。単なるスケベオヤジではなく、ご主人様になりきらなければならない。

「まずは、これだ」

赤い蠟燭に火を付け、スタンドライトをオフにした。暗闇に、蠟燭だけの灯りが二人を照らしていた。催眠術や怪談話をするわけではないが、室内にどことなく厳粛《げんしゅく》なムードが漂う。

育三郎は右手に蠟燭を持ち、左手で里穂の頰《ほお》を撫《な》でながら、少々大袈裟《おおげさ》な儀式の始まりを宣言した。

「いいかい、これからぼくは真珠のことを汚しますよ。ただ、すごく綺麗に汚します。真珠から、ひどい人間だと思われるようなことをします。ぼくの中の真っ黒い欲望を全部ぶつけるけど、受け止めてくれますか？」

育三郎は、里穂が無言で頷くのを確認してから左手を頰から外し、彼女の顔の前で手の平を上に向ける。そして、右手を高く掲げ赤い蠟の雫《しずく》を一滴、左の手の平に垂らした。

「ええぇ、あっ、あっつっ」

里穂は、垂らされてもいないのに顔を歪《ゆが》めた。

「これから、真珠にも垂らすんだよ」

「む、無理。だって、こ、怖いです」

「大丈夫、火傷《やけど》は絶対にしない。まずは、ここに一滴だけ垂らす。それで無理だと思ったら、ストップと言えばいい」

育三郎は、言いながら里穂の太ももをさわった。

(けっこう、汗ばんでいるな)

これならオイルやローションで、素肌を保護する膜を作らなくても大丈夫だろう。そもそも低温蠟燭なので、熱めの風呂くらいの温度で溶けるのだ。

「では、垂らすよ」

確認すると、里穂は育三郎を見つめ不安そうに頷いた。なので育三郎は、左の手の平にボタボタと蠟を垂らして溜める。そして手の平を傾《かたむ》け、溜まった蠟を里穂の白い太ももに垂らした。

「ひっ、ぃやあっ」

里穂は小さな悲鳴を上げた。とはいえ熱かったり、痛かったりした反応ではない。喩えるならばジェットコースターが降下する瞬間の、尻がフッと浮くときに発してしまうような悲鳴である。

「ぼくの手の平が、まるで血まみれになったみたいに赤く染まってる。この熱い血を、真珠。お前に……」

育三郎は芝居じみたセリフを喋りながら、赤い蠟涙の雨を白い太ももに降らせていった。

「くっ、くふっ、ふぅううん」

里穂は、だんだん甘い喘ぎを漏らし始めた。

「吸血鬼が血を混ぜて交合するように、これでぼくと真珠も繋がったんだ」

育三郎は、そう言いながら心の中で苦笑した。傍から見れば、まるで三文《さんもん》エロ芝居《しばい》である。

けれどこれは、予習しておいた里穂が描いた吸血鬼漫画のセリフをアレンジしたものだった。だからまんざらでもなく、効果は絶大だった。

「ああっ、ご主人様っ」

里穂は陶酔《とうすい》の眼差しで、育三郎と自身の太ももを交互に見つめ喘いだ。白い太ももは、赤い花弁が散ったようになっている。

このままタラタラと、全身に赤い蠟の花弁を散らせば、クネクネと身体を揺らしながら悶えてくれそうだ。だが、下着や床が大変なことになってしまう。

通常、シティホテルでの蠟燭プレイは、ビニールシートを敷くのだが、今日はそれがメインではない。道具の使用法をレクチャーするのと、簡単な羞恥責めの実践である。

「真珠が思っていたほど、熱くはないんだよ。これでわかったかい」

育三郎が言うと、里穂は太ももで固まった赤い蠟を見つめた。

「はいっ。本当に、融点《ゆうてん》が低いんですね。一瞬チクッとする程度で、あとは温かさがジワッと広がるの。もっといっぱい垂らされると、愛撫《あいぶ》されてるみたいな気分になるかも。蠟燭、好きになりそうです」

「次はこいつだ」

育三郎は、スタンドライトをつけて蠟燭の炎を吹き消した。そして、バラ鞭を手に取った。九本の細い革紐をまとめた、ショートサイズの鞭である。

「真珠は、これも怖い？」

「少しだけ」

「蠟燭が熱いだけではないように、これも痛いだけじゃない」

思いきり叩いても、たいして痛くない。風呂上がりに絞《しぼ》ったタオルで、身体を軽くピシャピシャやる程度の衝撃なのだ。

「愛撫にも使えるんだよ」

育三郎は言いながら、里穂の太ももに九本の革紐の先端部分をファサッと置いて、撫でるように動かした。

「ううう、うふっ」

里穂は、くすぐったそうに呻《うめ》く。

「蠟のお掃除にも使えるし」

育三郎が里穂の太ももを軽くピシャンッ、ピシャンッと鞭打つと、白い肌の上で固まった赤い蠟が飛び散った。手首のスナップを利かせながら、スイングの加減も調整する。

大きめの音がするけれど、あまり痛くない鞭が唸ることによって、多少あった里穂の恐怖心は消えたと思われる。

次に太もものみならず、肩や腕も鞭の先端を使って撫でた。さらに両腕を上げさせ、脇腹や胸部も同じように愛撫する。

そして、優しく打ったり撫でたりする愛撫を繰り返すことによって、里穂は悩ましい吐息を漏らした。

「はお、はおぉおん。どうして？　鞭を打たれてるのに気持ちいいなんて」

「そういうテクニックを使っているからだよ。せっかくだから、少し痛みを味わってみるかい」

育三郎は、里穂の耐久能力と痛みの限界点を知りたくなった。強く叩かれたときの音と、衝撃を認識させるのが目的だった。体験させておくと、あとでまた打つときの効果が全然違うのだ。

「うふぅん、少しだけなら」

「じゃあ、打つよ」

宣言して育三郎は里穂の手を握り、太ももにピシッと強めの鞭を一撃。

「ひいいいいっ」

里穂は、カッと目を見開いて悲鳴を上げた。その後は、胸を上下させながら痛みに耐えていた。

「真珠、痛かったんだね。大丈夫、手当てをしてあげるから」

育三郎は、太ももに手を当てた。鞭打つときも打ったあとも、身体の一部に触れていると痛みが和らぐのである。

「いい子だ。よく我慢したね」

言いながら育三郎は、里穂の頭を幼児を褒《ほ》めるときのように撫でた。

「やっぱり、痛みそのものが好きって人の気持ちは全然わかんない。でも痛みに耐えたご褒美に、頭をヨシヨシって撫でられるのは嬉しいかも」

里穂は身体を使って、ソフトSMプレイの感覚を確かめることに、意義を見い出しているようだ。

「なるほど。鞭のお試しは、これでおしまいにして次は手錠だね。蠟燭と鞭を気に入ったなら、あとでたっぷり使ってあげるよ。さあ、ベッドに行こうか」

育三郎はリードを持って、赤い首輪をした里穂を先導する。その際、テーブルの上の手錠を手に取り、ついでにショルダーバッグから別の道具を二つ取り出した。里穂は、ハイハイでベッドに上がり正座した。

「お手をしてごらん」

「ワンッ」

里穂は、ドッグプレイにノリノリで従う。ならばと育三郎は、ノリノリでエロな羞恥プレイを始めることにした。

「真珠の心が縛れないから、せめて身体を縛らせてもらうよ」

「やん、漫画に使えそうな素敵なセリフ」

「本当は手錠よりも、縄を使うときに言うセリフだけどね」

言いながら育三郎は、里穂の手首にフェイクファーをあしらった手錠をはめた。

それから、別の道具の一つのアイマスクで目隠しを施《ほどこ》した。

「真珠、ワンちゃんのポーズになりなさい」

「はい……」

「頭を低くして、そうだ、腰をもっと反《そ》らして」

赤ん坊がハイハイする格好から、尻だけを高く掲げるポーズにさせた。猫が伸びをしているみたいな感じである。

　そして育三郎は、触れるか触れないかギリギリの羽毛タッチで、里穂の全身を撫でながら耳元でゆっくりこれから行うことを囁《ささや》いた。

「真珠は、今からぼく専用の玩具《おもちゃ》になるんだよ。いろいろな道具と、ぼくの指と舌と性器で君を作り変えるから。普段思い出したら信じられないほど恥ずかしくて、はしたなくてスケベな女になってしまうかもしれないよ」

　聞いている里穂は興奮し呼吸を荒らげるのみならず、頬がみるみるうちに紅潮していった。アイマスクで視覚を遮断《しゃだん》しているので、聴覚と触覚が通常よりも敏感になっているのだ。

「もう、こんなに濡らして……。まったく、いやらしいペットだな」

　パンティのクロッチ部分には、愛液による染みができていた。育三郎は、敏感な快楽ボタンがある部分をそっと指で押さえた。

「はぁああっ……」

　里穂は熱い息を吐いて、尻全体をビクンと揺らした。

「ふふふ、クリトリスがコリコリになってる」

　二つ目の道具、ピンクローターのリモコン部分を持って、スイッチをオンにした。ヴィーンという音が響いてコードの下にある、ウズラの卵みたいな形状のモーターが入っている部分が振動した。

「えっ、何？ 何の音ですか？」

里穂の疑問には答えず、育三郎はコードを垂らして、暴れるウズラの卵をパンティのクロッチ部分にあてた。

「あっ、やんっ。やっ、ひゃあ」

里穂は、尻をくねらせながら身悶えた。

「ちゃんと、感じているようだね。うんうん、可愛いよ」

育三郎は言ってローターのリモコンを、ブラジャーのホックの辺りに差し込み固定する。コードは、背骨から双尻の渓谷に沿って這わせていった。

尻を高く掲げた状態であれば、ローター本体はパンティのクロッチ部分に当たり続ける。

クリトリス、尿道口やヴァギナのどこを刺激するかは里穂次第だ。もどかしさに尻をくねらせすぎれば、肝心な部分から外れてしまう。

「ぼくはシャワーを浴びてくるから、そのままで待っているんだよ、いいね」

育三郎は、里穂に告げてバスルームへ向かった。

4

それから、育三郎はシャワーを浴び全裸でベッドに戻った。

ベッドの前で、ミネラルウォーターのペットボトルを開けて一口飲んだ。ついでに、ショルダーバッグからコンドームを取り出し枕の下に隠す。そして、うつ伏せで尻だけを高く突き上げている里穂を観察した。

「はぁああ、んんんんっ、んふぅううう」

悩ましい息遣いで尻を微妙にくねらせ、ローターの振動を楽しんでいた。性交相手に伝える、パフォーマンス的な喘ぎ声になっていないところがじつに生々しい。

（うーむ、快感を貪《むさぼ》るのに夢中って感じだな）

育三郎がそばにいることを、里穂はまったく察知していない。なので、背中にミネラルウォーターを数滴垂らした。

「ひゃっ、ぁつっう」

里穂の身体が、硬直し震えた。何が起こったのか、まったくわからないという感じで動揺していた。冷たい水を蠟燭の雫と、勘違いしたのかもしれない。

「真珠。ご主人様がシャワーから戻ったのに、気づかなかったんだな」

「えっと、あの、ごめんなさい」

「まったく、ペット失格だな。お仕置きしなきゃ」

育三郎はバラ鞭を手に取り、いきなりベッドマットを叩いた。里穂の身体のすぐ横でバシッ、バシッと派手な音を立てた。もちろん、威嚇《いかく》のためである。里穂は目隠しをされたままだが、風圧と音で鞭だと認識できたはずだ。

「強く叩くぞ」

そう声をかけただけで怯《おび》え、尻の筋肉がキュッと収縮した。さっき強く叩かれたときの衝撃を、思い出したのだろう。

「ひっ、ひいいいっ」

ペシッ、ペシッと鞭で軽く撫でただけなのに大袈裟に反応する。だが、尻の筋肉が緊張している間は強く叩かない。集中力が途切れ、緩んだときにピシッと強めの鞭を一発。

「あうーっ」

里穂は、甘い悲鳴を漏らしてから質問した。

「ご主人様っ、鞭が痛くありません。気持ちいいんです、どうしてですか？」

「うふふ。真珠は、もう鞭の味を覚えたのか」

予想以上に、効果があったようだ。元々たいして痛くない衝撃だし、簡単に説明するならば人は痛みに慣れる。最初と同じ力加減なら、二度目はさほど痛く感じない。だいたい、尻は太ももよりも鈍感《どんかん》でもある。

それに加えてローターの快感で痛みに神経がいかない、もしくは拡散されている状況だったりもする。

さらに言うなら、変態的なことをしている自分に酔っているからだろう。そんな説明はプレイ後にすることにして、育三郎は緩急《かんきゅう》をつけながら里穂の尻を何度も鞭打った。

「もう少し強くても大丈夫だろう？」

「はいっ、もう少しなら。あうっ」

里穂は尻への熱い衝撃と、それが引いていく安堵感《あんどかん》を楽しむコツを見つけたようだった。

しばらくして、育三郎はお仕置きタイムを終了させた。鞭を置き、ローターはそのままで里穂の横へ移動した。

「そろそろ、いっぱい可愛がってあげるからね」

育三郎は言いながら、里穂の頬を撫でた。鞭の次は飴《あめ》の時間を始めるのだ。そして唇にも触れると、指をしゃぶられた。口腔内に含んで舌をゆっくり回転させるので、フェラチオをされているような気分になった。

なので指フェラを楽しみながら、もう片方の手で里穂の背中や尻、太ももを愛撫した。里穂は指を強く吸いながら、背中を丸めたり反らせたりして、ローターが当たる場所を調整していた。

育三郎は、太ももを可愛がっている手を離し胸の膨《ふく》らみへ向かった。

「ここもさわってあげるから、もっといい声を出すんだよ」

そう言いつつ、ブラジャーの上から乳房をギュッ、ギュッと揉《も》んだ。さらに推定Dカップの柔らかい乳肉の感触を楽しみながら、ニップルを的確に捉えて擦《こす》りあげた。

「ふうん、乳首がすごく硬くなっているね」

「やぁああんっ」

里穂は、甘えた声を出し指フェラを止めた。両手が自由になった育三郎は、ブラジャーをずらし推定Dカップオッパイを露《あら》わにした。さらに、親指と人差し指でしこった左右の乳首をつまんだ。その瞬間、里穂は上半身を痙攣《けいれん》させた。

「はっ、ううう、あくっ、うむむむ、くぅんくぅん」

子犬のように呻きながら、クネクネと腰を動かしローターから更なる快感を得ようとしていた。

「自分から腰を動かすなんて、はしたない。そんなに気持ちいいのかい？」

もちろん里穂は今までもずっと勝手に腰を振っているのだが、ソフトＳＭにおける言葉攻めなのでわざわざ言うことに意味がある。

「あああ、はしたなくてごめんなさい。だって、だってだって真珠は、おかしくなってしまいますぅ。もう駄目、ひいぃ、ご、ご主人様っ」

里穂は言葉攻めにも反応し、ソフトＳＭプレイにのめり込んでいた。

育三郎は乳首をつまんでクニクニ弄《いじ》るのみならず、乳頭を擦ったり側面を爪でカリカリ掻いたりもした。里穂は愛撫が変化するたびに息を詰め、ビクンビクンッと身体全体を震わせていた。

クリトリスにローターが軽く当たり、乳首をねちっこく指で可愛がられるという二種の愛撫で、今にもイキそうな状態になっているようだ。

「ん？　何が駄目なのかな？」

育三郎がしこった乳首への愛撫を止めることなく言うと、里穂は限界が近づいていることを伝えた。

「も、もうっ、イッてしまいそうです。はっ、はあああぁっ」

たぶん里穂は、既に乳首やクリで軽く数回極まっているが、もっと大きくて深いオーガズムの波を求めている。きっとＳＭを取り入れた愛撫で、快感のレベルをバージョンアップさせたいのだろう。

「まだ駄目だ。まだまだ、我慢するんだよ」

育三郎は里穂の耳元で囁き、乳首をさらに強くつまんで伸ばすように引っ張った。痛みで快楽を散らすためだが、里穂はより気持ちよさそうな表情になるのだった。どうやら、乳首はけっこうマゾらしい。

「あああっ、はっ……いっ……。がっ、まんっ……しまっ、すっ」

「いい子だ。我慢できたら、ご褒美があるからね」

そう言って育三郎は片手を伸ばし、今までは軽く触れているだけだったローターを、パンティに覆われた淫《みだ》ら豆《まめ》に強く押し当てた。

「やぁぁあんっ、あああああっ」

里穂は強烈な刺激を得て喜悦《きえつ》の声を上げるのみならず、ジョボッと潮を吹きパンティを濡らし雫を滴《したた》らせた。愛液と呼ぶには、あまりにも量が多い。

ちなみにAV女優に散々潮を吹かせてきた育三郎にとっては、同じ液体でもベッドでは潮と呼びトイレだと尿という認識である。

「ほらほら、すごい大洪水だ」

「ご、ごめんなさい」

「いやいや、もっと潮を吹いてもいいんだぞ」

育三郎は言葉攻めを続けながら、里穂を陰核快感に集中させようと、乳首から指を外した。そしてデコルテラインから首筋、顎《あご》から頬へ指を這《は》わせたら里穂の唇に吸い込まれてしまった。

「うっ、ぐぅ、んんんっ」

途端に、舌でチロチロと愛撫しまくる再びの指フェラ。

「エッチな舐め方だ。なるほど、本当に舐めたいのは、指じゃないんだね」

育三郎が指を唇から引き抜くと、里穂は口を半開きのまま、うっとりした表情でだらりと舌を出していた。ローターを押し当てられたままなので、クリトリス快感に集中しているのである。

「だ、駄目でっ……もっ」

里穂は慌てて舌を口中に仕舞い、許しを乞う。

「イッてもいいよ。その代わり、どこが気持ちよくてイクのか、ちゃんと大きな声で、ぼくにわかるように言ってからだよ」

「ああっ、はいっ」

「ほら、言ってごらん」

「ううっ、真珠はクリトリスがっ、気持ちよくっ、てっ、イキますっ」

里穂は恥ずかしがることもなく、早口で息を詰めながら叫んだ。そして、育三郎がローターを同じ強さで押し当て続けると、ほどなくクリトリスオーガズムに達した。

「うぐ、うぐぐぐっ」

「よく言えました。ほら、もっとイキなさい」

育三郎はローターの押し当てに、乳首を強く捻《ひね》ることを加えた。

「ひっ、ひぃいいっ、ご主人様っ。またイク、イッてる、今イッてるぅぅう」

背中を弓なりに反らせて痙攣した直後、ガクンッとうつ伏せに崩れた。育三郎はローターのスイッチを切り、里穂のブラジャーとパンティを脱がせた。さらに首輪のリードも、手錠も外した。

全裸に、目隠しと赤い首輪だけという格好にした。そして、息が整ったのを見計らって、またヨガの猫のポーズにさせた。次に育三郎は、里穂の顔の目の前で胡坐《あぐら》をかいて座り目隠しを外した。

「あっ、あああああっ」

里穂は、せつなく悶えた。オーガズムの余韻《よいん》に浸《ひた》っている状態で、目を開けて最初に飛び込んできたのが熱くそそり立ったペニスだからである。

「ご褒美だよ。指よりも、こいつを舐めたかったんだろう」

育三郎の言葉に、里穂はコクンと頷いた。

「ご、ご奉仕させてください」

そう言って、もうたまらないという感じでむしゃぶりついた。唾液にまみれた口腔内は温かく、舌がねっとり裏スジをくすぐった。そして唇は、カリ首に近い肉竿部分をやんわりホールドしていた。

「あむぅん、うふぅん、うぅんうぅん」

里穂は喘ぎながら、頭を前後に動かしてジュブジュブという淫音《いんおん》を立てた。奉仕という言葉を使っていたが、口唇《こうしん》愛撫のテクニックを駆使して育三郎を気持ちよくさせているわけではない。

どちらかといえば、熱く硬い男のシンボルを咥えることで里穂自身が一番楽しんでいた。

「美味しいかい？　でもしゃぶるだけで、いいのかな？」

もちろん里穂は、イヤイヤと首を振る。

「じゃあ、わかっているね。ちゃんと、おねだりしてごらん」

育三郎が言うと、里穂はイチモツから口を離して彼を見つめた。

「ま、真珠の、いやらしくてはしたないヌルヌルのお○んこに、ご主人様のオチンチンを、入れてくださいっ」

スラスラ言葉が出てきたので、おそらくハマっている官能小説のセリフなのだろう。

「よく言えました」

育三郎は、里穂に仰向《あおむ》けになるよう促し素早くコンドームを装着した。そしてまずは正常位の格好で、大きくなっているクリとカメのアタマの擦り合いから始めた。すると里穂は、じつにドMっぽいおねだり。

「うああ。ご主人様、すっごく気持ちいいです。でも、でもぉおおお、真珠の疼《うず》いてるお○んこ、早くいっぱい使ってくださいぃいいい」

ローターでイキまくった陰核快感よりも、ガチガチの肉棒で膣内を刺激されたがっている。

ならばと育三郎は、男根を蜜《みつ》が溢《あふ》れている膣口《ちつぐち》にあてがい、亀頭だけを挿入した。まずは、膣口の刺激である。ストレートに突くだけでなく、腰を左右に捻り膣括約筋《ちつかつやくきん》を圧迫した。

「んんんっ、んむむぐぅ」

里穂は快感に息を詰めつつ、まだ深度が物足りないのか腰を浮かせた。焦らしすぎても逆効果なので、その後はペニスを半分だけ入れ、腹側の膣壁越しにＧスポットを撫でた。

しばらく楽しんでいたけれど、里穂は手を伸ばし肉竿のまだ入っていない部分をさわって確かめた。

「ねえ、まだこんなに入ってないの？　はああ、入れたい。もっと奥まで、全部ほしいの」

真珠とご主人様という設定よりも、早くセックスの快感を貪りたい欲求が強くなっている。まさに、そういう言葉遣いであった。

「わかったよ」

育三郎は男のシンボルを、ズンと一気に奥まで挿入した。

「うあああんっ、はあっ、ぁああっ。すごい、おっきい、こんなの初めて、壊れちゃいそう、気持ちいい」

里穂は、大袈裟に喘ぎながら自らを盛り上げる。育三郎のペニスは平均程度なので、たいして大きくないから膣が壊れるはずはない。しかも馴染《なじ》ませるために、まったく動いていない状態だった。

ただ里穂が大きく息を吐いて喘ぐたびに、下腹がペコンッとへこんで内ヒダがウネウネと蠢《うごめ》き育三郎の分身にまとわりついてくる。奥へ奥へと、促すような感じである。

(ふーむ。臍《へそ》から下の腹筋の使い方を知っているってことは、少なくともGスポットでの連続イキも可能なタイプだな)

育三郎は、スローなピストン運動を始めながら声をかけた。

里穂の腰の動きも激しくなる。

「いい子だ。真珠はエッチでとても可愛い子だ」

ご主人様の言葉に応えるかのように、ペットのヴァギナから熱く濃厚な蜜液が溢れ、卑猥な内ヒダのうねりも増した。

かなり滑りが良くなったので、育三郎はピストン運動の行き帰りにかなり意識して亀頭をGスポットに当てた。

「そこいい、もっと突いて。ビンビンのオチンチン、ぎもぢいいぃいい」

里穂は眉根を寄せ、もうたまらないという表情で身悶えた。喘ぎ声に濁音が混じったり、獣の咆哮《ほうこう》じみたトーンになるのは本気モードの印である。

しかも里穂が両手で育三郎の尻を抱き、さらなるスピードアップを求めるものだから、ピストン運動は次第に激しくなっていった。

「うっ、ううぅっ。駄目ですぅ、ご主人様っ」

「もう、イキそうになってるんだな？　いいよ。ほら、セックスでイク姿をご主人様に見せてごらん」

育三郎は里穂を見つめ、速度もリズムも変えずに腰を打ち付け続けた。

「イッ、キま、すっ。ひぁあああっ」

里穂は身体を仰け反らせて硬直した。腰だけをビクンッ、ビクンッと少し跳ねさせながら絶頂を迎えた。

（おおっ、これは……）

育三郎は膣内の感触を味わっていた。オーガズムを迎えたばかりだというのに、膣肉がペニス全体をやんわり何度も締め付けてくる。まるで、歯のない口の中で咀嚼《そしゃく》されているような感じだった。

「すごく、エッチで貪欲《どんよく》だな。もう、イッたんじゃないのかい？　なのにここは、ぼくのを締め付けて離さないなんて」

「だって……。イッたけど、またイクの。もっとイキたいぃん」

里穂は、身体をくねらせ悶えた。余韻を味わっているわけではなく、どうやらほぼイキっぱなしの状態になっているらしい。

少しパーセンテージが下がっているだけで、再び刺激を加えればイケそうな感じである。やはり、Gスポットによる連続イキが可能なタイプだった。

里穂が大きく息を吐くと膣の入り口から締まり、育三郎の分身は奥へと吸い込まれ、逆に息を吸うと奥から締まり追い出されそうになる感覚を味わう。

腹筋下部と膣括約筋を動かし、ヴァギナでハードボイルドソーセージを咀嚼することは自在にできるようだった。

なので育三郎は里穂の呼吸に合わせ、ゆったりしたリズムで抜き差しを再開した。次第に里穂は呼吸を荒らげるので、育三郎は注意深くGスポットを狙ったピストン運動を同調させていった。

するど里穂は、オーガズムが近づいているらしく息を詰めた。

「はう、ご主人様。い、一緒にイキたい、一緒にぃいいいっ」

「またイクんだね。よしっ、ぼくもイキそうだから、ちゃんと合わせて一緒にイクんだよ」

育三郎は、今までと同じ速度とリズムのラストスパートをかける。何故なら正常位やバックなどの場合、男が急に激しいピストン運動をすると受け身になっている女性側のオーガズムが遠のくからだった。

「はぁいいい、我慢してますぅううう」

「来たぞ来たぞ。いいかいっ、そろそろ出すよ。うおおおおおっ」

「ご主人様、あたしもっ。うぐ、うぐぐぐっ」

二人同時に呼吸を止め硬直した。

しばしの静寂《せいじゃく》。

「ぷはぁ」

里穂は、深い快楽の海の底から浮上した。そして、荒い呼吸の育三郎をギュッと抱きしめた。

「真珠。ちゃんと、一緒にイケたな」

育三郎は、全力を出した短距離走のあとのように肩で息をしていた。

「はいっ、ご主人様」

とても満足そうに微笑《ほほえ》む里穂の頬に、育三郎はチュッと軽いキスをしてから離れた。

（まったく、若い娘は一緒にイクってのが好きだからな）

そしてコンドームをティッシュで包んで、ゴミ箱に捨てた。だが、コンドームに精液は入っていない。じつは育三郎、ドライオーガズムモードになっており放出はしなかった。

里穂のように何度もイケる女性に合わせて、そのつど射精をしていたら身体が持たない。若いときならAVの現場で、一日五回の射精をこなしたことがあるけれど、中年になった現在は不可能である。

だがセラピストがイカないと、自分のせいだと思ってしまうクライアントもいるのだ。例えば性器が人より劣っているとか、女として魅力がないとか悩んでしまったり。

それに加えて、AVやエロ漫画や官能小説でもフィクションのセックスは、男女同時オーガズムという幻想で溢れている。だから育三郎は、イッた振りをすることを覚えた。

射精すると女体に対する執着が弱くなってしまうが、ドライオーガズムモードになればいつまでも欲望の火は消えない。イッた振りは擬似精液を使って行う、ハメ撮りAV監督時代からの処世術でもあった。

「ご主人様。ちょっと休んだら、鞭と蠟燭の使い方とか効果をもっと詳しく教えてくださいね。それでまた、言葉でいっぱいいじめて、いっぱいご褒美もくださいね」

里穂が嬉しそうに言うので、育三郎は答えた。

「もちろんだよ」

「あっ、やっぱり次は普通のセックスもいいな。さっきと違う体位をいろいろ試してみたいし」

「こちらは、別にかまいませんよ」

里穂はクライアントで育三郎がセラピストだから、プレイ中以外は簡単に主従関係が逆転する。

特にソフトSMの場合は顕著《けんちょ》で、サービスのSと満足のMと喩えられる所以《ゆえん》でもある。実際、ソフトSMが趣味の一般人カップルでもM女側が優位なことが多かったりする。

「じゃあ、ご主人様。真珠はシャワーを浴びてきまーす」

里穂は言って、ベッドから起き上がりバスルームへ向かった。

(まあ、本当のご主人様は真珠だけどな)

育三郎は、心の中でツッコミを入れつつ微笑んだ。

第五章　中イキブートキャンプ

1

金曜日の夕方、育三郎は冨山詠美《とみやまえいみ》が宿泊する、高層ホテルにあるバーで待ち合わせた。そして夕焼けが見える窓側の席に並んで座り、ハイボールを飲んでいる。

「時間って残酷よね。いつの間にかわたし、育児に疲れたおばさんになっちゃった」

詠美は寂《さみ》しげに微笑《ほほえ》んだ。

「とんでもない。ミーちゃんは昔よりも、今の方が女としての輝きが増してると思うな」

「いやんっ、四十路《よそじ》なのに、小娘みたいに恥ずかしくなっちゃう」

「あはは。可愛いから、もっと恥ずかしがってよ」

育三郎は詠美に見惚《みと》れていた。

腰はタイトスカートで、足は柄《がら》入りストッキングに包まれ、ハイヒールも含めて色はすべて黒で統一されている。

上半身のファッションも黒のシースルー・カーディガンと、やはり黒いノースリーブのハイネックセーターを上品に着こなしていた。

軽く巻いたセミロングの髪が、落ち着いた女性らしさを強調している。クリッとした瞳がとても可愛い。薄い唇は妙に艶《なまめ》かしい。

何よりも育ちの良さそうな笑顔に癒《いや》される。生真面目そうで、清楚とか貞操観《ていそうかん》念《ねん》という古い言葉が似合う感じ。若い頃は真面目すぎて女っぽさに欠けていたが、今目の前にいる詠美からは、内面から滲み出る色気が漂っていた。

「でも、会うのは二十年ぶりくらいよね」

「ああ、そうだ。だからさ、中イキブートキャンプのコースを申し込んだ相手が、ミーちゃんだってわかったときにはビックリしたよ」

育三郎が言うと、詠美は彼を見つめた。

「わたしは、イックンがセラピストってわかったからお願いしたの」

本日のクライアントはセックスレスに悩み、中イキをしてみたい人妻だが、偶然の悪戯《いたずら》なのか育三郎が二十八歳の頃に少しだけ付き合った女性だった。

友人の紹介で知り合い、食事やデートを楽しんだが、身体の相性が悪くだんだん疎遠《そえん》になって別れたのだ。

その頃の詠美はセックスへの興味が薄く、セックス上手だと思っていた育三郎のテクニックがまるで通じなかった。ＡＶ女優たちを虜《とりこ》にしたはずのクンニをしても「恥ずかしい」とほぼ拒絶された。

だから、中イキブートキャンプを依頼したとわかって驚いたのだ。

ちなみにブートキャンプのコース内容は、クライアントの性感の発達具合によって内容が異なる。共通しているのは、自己開発プログラムが重要ということだけだった。

つまりセラピストがイカせるのではなく、女性自身が身体の快感メカニズムを知ってイケるようになっていくのだ。ケースによっては、セラピストとのセッションが必要ないことも多々ある。

詠美の場合、独身時代の性行為は豪華なデートや食事、旅行やプレゼントなどへのお礼という位置づけだった。

結婚後は子作りのための行為であり、セックスが普通に気持ちよくなったのは、出産して子育てが一段落してからだという。だがセックスで、いまだオーガズムに達したことはないらしい。

つまり中ではイケないし、自分で膣内をさわってもまったく気持ちよくなれなかった。

クリトリスだったら、自分でさわりながらならイクことができるそうだが、育三郎と付き合っていた頃は、セックスは好きじゃないしオナニーもしたことがないと言っていたので、変われば変わるものである。

体外式ポルチオという、下腹部を指でトントン叩いて子宮を刺激するメソッドを試しても、ただお腹が痛くなるだけで全く気持ちよくなかったそうだ。

これはまだ性感云々《うんぬん》の段階ではないと思い、育三郎は詠美に焦《あせ》らずゆっくり一カ月くらいかけて体質改善をするメニューを組んだ。

その内容は一日二リットルの水分を摂《と》り、外出時はなるべく歩いたり、階段を使うなど軽い運動をすること。

入浴時は、尾てい骨の上にある仙骨《せんこつ》をシャワーで充分に温めること。腹直筋下部や、内もものトレーニングをすること。

その際、ＰＣ筋も締め膣内全体にギュッと力を入れること。たまに潤滑剤《じゅんかつざい》を使いヴァギナに指を入れ、膣肉を柔らかくすることなどである。

そして一カ月くらい過ぎた頃、体外式ポルチオに再チャレンジさせた。官能的な妄想でしっかり自分を興奮させ、ヴァギナに指を入れつつ下腹部を指でトントンと叩いたら、膣肉がピクピク動くようになり、中の感度も徐々にアップしていったそうだ。

そして一応は中も気持ちいいと思えるようになったが、まだ陰核愛撫無しではオーガズムに達しないそうで、最後はクリイキしてしまう状態だという。

さらに体質改善を続けさせたら気持ちいいポイントがだんだんはっきりしてきて、ただ下腹を押すだけでビショビショに濡れるようにもなり、膣内がビクビクするようにもなれた。

そういう状態のとき、中に指を入れてみると自分の膣とは思えないくらい、柔らかくて吸い付くみたいに動き出した。

詠美はメチャクチャ気持ちよくて、思わずお尻と腹直筋下部を同時に締めたら中でイッてしまった。今まで一度も、ヴァギナへの指入れだけじゃイケなかったのに、多分それが初めて中をさわってイッたときだという。

膣肉のビクビクが止まらなくて、大きな喘《あえ》ぎ声も出たのでビックリしたそうだ。まだ余力があったので、そのまま何度か繰り返して身体に覚え込ませようとした。

ここまでで体外式ポルチオの再チャレンジから三週間くらい、つまり体質改善の自己開発プログラムを始めて約二カ月が経っていた。

それまで育三郎と詠美はメールと電話、TV電話でコミュニケーションしただけで一度も対面しないまま今日まで来たのだ。

「とりあえず自慰では意識的に神経を繋げて、かなり自由に中イキができるようになれたんだよな」

育三郎が言うと、詠美は口を濁《にご》した。

「でも、夫とはレスだから……」

「……俺とセックスをして、イケるかどうか試しに来たわけだ」

「そう。だってイックンに教わったメソッドなんだから、最後まで責任を持ってほしいな」

「大丈夫、ちゃんとイカせてあげるよ」

そう言って育三郎はグラスを傾《かたむ》け、ハイボールを呑み干した。

オーガズム不全の一番の原因は、男のテクニックではなく、自己を解放できないなど女性側の心理的要因である。

詠美のように、自慰で性的興奮のアクセルをベタ踏みできるレベルまで開発が進んでいれば、丁寧な愛撫を施《ほどこ》せばセックスで確実に中イキできる。

性感帯の場所を、知っているかどうかもほとんど関係ない。男がさわると興奮して気持ちよくなる場所があるんじゃなく、女性が興奮してエロモードに入ると、刺激を感じ取りやすくなる場所があるだけなのだ。

「どうしよう、もう一杯くらい呑む？」

育三郎が持ちかける。

「でも、これ以上呑むと酔っちゃいそう」

答える詠美の頬《ほお》は、ほんのり桜色に染まっていた。

「酔うとどうなるんだっけ？」

「キス魔になるって知ってるでしょう」

詠美は言って育三郎の手に触れた。

「思い出した。ミーちゃんはキス好きなのに、セックス嫌いだったな」

「イックンは、両方好きだったよね。あと、手《テ》ックス」

詠美は微笑みながら、育三郎の手の平や甲を指で愛撫し始めた。付き合っている頃、育三郎は詠美の指に自分の指を絡《から》めて遊んでから、ハグやキスなどをスタートさせた。

いつもまず手だけを執拗《しつよう》に愛撫するので、詠美はそれをセックスならぬ手ックスと呼んだのだ。

「懐《なつ》かしいな。でも手ックスをされると、キスがしたくなるね」

「うふふ、わたしも……」

「もう酔いが回って、キス魔に？」

「なってるかも」

香水だろうか、詠美から洋蘭《ようらん》のような濃厚な香りが漂ってきた。人妻になって自慰で中イキを覚えた詠美は、いったいどんなふうに乱れるのだろうという淫らな期待に、育三郎は胸を躍《おど》らせた。

「ミーちゃん、そろそろ部屋に行こうか」

「うん。二人っきりになったらわたし、イックンを襲っちゃうかもね」

「望むところだ」

きわどい会話をしていると、育三郎と詠美のまわりだけが濃密でエロティックな空気に包まれているような気がした。

2

育三郎と詠美はバーを出て、エレベーターを待っていた。なんとなく肩が触れ、腕を絡め、手を繋ぎ、指を絡め合った。

詠美の手の温度は、さっきよりも温かくなっている気がした。

エレベーターが到着してドアが開く。誰も乗っていなかった。そして乗ったのも二人だけ。詠美が宿泊している階のボタンを押すと、ドアが閉まった。

どちらからともなく向かい合い、見つめ合った。詠美は微笑みながら、両手を育三郎の首につる草のように巻きつけた。

そして、唇を濡らさないように行うドライキスをした。

柔らかい髪が育三郎の鼻の頭にさわり、詠美の口から微《かす》かに、オレンジのような柑橘系《かんきつけい》の匂いが漂った。

次に詠美は、鼻先同士をくっつける鼻キスをして、それから、おでこキス。さらに、頬と頬を合わせるほっぺキスをした。そして、

「……ほらねっ、キス魔になってるでしょう」

詠美は育三郎の耳元で囁《ささや》いた。

本当だねと育三郎が答えようとしたら、詠美が宿泊する階にエレベーターが着いた。無言で手を繋ぎ、何事もなかったかのように二人は部屋まで歩く。

ただ繋いだ手を通して、詠美の緊張感が伝わってくるのが心地いい。元彼女と、約二十年ぶりにキスをしたことが信じられない。

しかも、宿泊する部屋に向かっている。もちろんセラピストとしての仕事なのだが、いつもと勝手が違う。感情が妙に昂《たかぶ》り、リモートで対応していた自己開発プログラムのときみたいに冷静でいることができない。

(まさか、焼《や》け木杭《ぼっくい》に火がついたってやつか……?)

やけに現実感が薄かったが、ただ触れ合っている手の感触、肌の熱さはまぎれもなく生身のもので、そこだけがリアルな気がした。

(いや、やりたいだけか……?　ってか、どっちもだな)

育三郎は肉欲という動物的な本能だけで行動しており、淫心がズキズキ疼《うず》いていた。セラピストとクライアントの関係を飛び越えてでも、とにかく詠美をイカせまくりメロメロにしたかった。

そんな衝動に駆られ、とにかく身体が彼女を求めていて、理性も恋心もあとから勝手についてくる。

詠美はカードキーを使ってドアを開け、部屋に入った途端、振り向いて育三郎に言った。

「ねえ、セックスするの、すごく久しぶりだから、感じすぎてへんな声をいっぱい出してしまうかも……」

熱い吐息混じりのくぐもった声だった。

育三郎は、詠美に激しく唇を重ねた。舌を絡め合いながら、育三郎も詠美も服を脱いだ。ベッドの前にたどり着いたときには、二人とも全裸で立ったまま向かい合っていた。

詠美の小ぶりの乳房と薄紅梅色《うすこうばいいろ》の乳輪が愛らしい。それと相反《あいはん》して、紅梅色の乳首はやや大きめなのがエロティックだった。

育三郎は両手で詠美の乳房を包み、そっと撫《な》で始める。手の平には、すでに硬くしこった乳首がコリッとあたる。

「恥ずかしい……」

詠美の呟《つぶや》きを受け、育三郎は人差し指の腹で、両方の乳首の先を弄《もてあそ》びながら訊いた。

「だから、乳首が勃《た》っているの？」

うつむいた詠美は、熱い吐息で答えた。

「あっ、んんっ、んふううっ」

「いっぱい、いやらしいことをしたいな。いいかい？」

育三郎が耳元で息を吹きかけながら問うと、詠美は肩をすくめて震えながら首を縦に振った。

そして、育三郎を見つめた。

また唇を重ねる。

二人でチュッ、チュッと音を立てながら唾液を吸い合う。

育三郎は左手で詠美の背中を、右手で尻を撫でた。滑《なめ》らかでしっとり手に吸い付く、熟した肌の感触が素晴らしい。

いつの間にか、詠美の両手が育三郎の首に巻きついていた。お互いを強く抱きしめ合い、舌がねっとりと絡まるキスを続けた。

昆虫が触覚を合わせて相性を確かめ合うように、舌先を舐《な》め合ったり唇で相手の舌をしゃぶったりもした。

「はぁん、はあっ、あはぁ、ああぁんっ」

熱い吐息が交錯《こうさく》して、興奮が高まってきた。育三郎は、右手で詠美の左の乳房を、左手で尻を揉《も》んだ。乳房は蕩《とろ》けるように柔らかく、尻は指を弾き返すほど弾力があった。

唇を離して首筋や鎖骨《さこつ》に舌を這《は》わせると、詠美は反転して背を向けた。

「ああっ、いやあっ」

「どうしたの？」

「ううん、なんでもない。感じすぎちゃっただけ」

「そっか、嬉《うれ》しいよ」

育三郎は後ろから、詠美の両乳首だけを愛撫した。軽くつまんだり、人差し指でクリクリ弄《いじ》り、ピンピン弾いたりもした。

「あっ、あっ、あっ、あっ、あっ」

詠美は、セラピストの指が乳首を可愛がるリズムで喘ぐ。同じ「あっ」でも愛撫によって、音量が大きくなったり、発音が悩ましくなったり、発声が妙にねばっこくなったり変化した。

(すげえすげえ。昔のミーちゃんとは、反応が全然違うぞ)

付き合っている頃の詠美は、バードキスを好んで舌を絡めて来なかった。乳房や乳首を愛撫しても、喘ぐことが恥ずかしいのか声を出そうとしなかった。

今にして思えば育三郎の愛撫も、稚拙《ちせつ》で雑《ざつ》だったかもしれない。だがそんな詠美との体験がトラウマとなり、育三郎は女性を気持ちよくさせる心技体を磨き上げる努力をしたのだった。

(少しワイルドなのは、どうかな？)

さらに育三郎は、乳房を荒々しく揉みながら乳首を弾いた。

「それ、気持ちいい。でも、もう立っていられなくなっちゃううぅっ」

詠美が体重を預けてくるので、育三郎は彼女をベッドに座らせ、大きめの枕を二つ重ねて背もたれにした。

育三郎はベッドの上で膝立ちしているから、詠美の顔の目の前に屹立《きつりつ》を突きつける格好になっていた。

詠美はトロンとした眼差しでオスの欲望器官を見つめ、そっと触れて形を確かめるようにやんわりと撫で始めた。

ならばと育三郎は、ＰＣ筋を締め肉棒をビクンビクンと動かす。途端に詠美の口から「ひっ」と小さな悲鳴が上がった。

「おっ、大きい。それに、こんなに、硬くなって……すごいっ」

詠美は息を呑み、元彼のハードボイルドソーセージをギュッと握り締めた。

育三郎も手を伸ばして、元彼女のワレメにさわる。秘毛は見えないし、生えている感触もなかった。元々薄めだったが生理が重めの体質なので、医療脱毛しているのかもしれない。

人差し指と薬指を大陰唇に置き、中指で淫裂を可愛がる。柔らかな花弁の下にある洞窟の入り口は、トロトロの女蜜で潤《うるお》っていた。

育三郎がヴァギナから愛液をすくい取りクリトリスを撫でると、詠美も我慢汁をまぶして亀頭を撫でた。

かつてはまったくしてくれなかった行為だし、今でもぎこちないところが微笑ましい。しばし二人で、互いの敏感な部分を優しく刺激し合った。

「あああ。ミーちゃんがペニスを愛撫してくれるなんて思ってなかったから、すごく嬉しいし、とても気持ちいいよ」

「だって気持ちよくしてもらうだけじゃなくて、イックンにも気持ちよくなってもらいたいって思ったから」

「ヤバいな、ミーちゃんのことを昔よりも好きになっちゃいそうだ」

それから育三郎は、右の手の平をワレメ全体にあてがい優しくさすった。さらに左手の指で、詠美の右乳首をつまみながら弄んだ。

「あぅんっ、わたしも昔よりイックンのことが好きぃん、あっ、あぅんっ」

詠美はせつなそうに喘ぎ、右手でペニスをさすりながら、腰をクネクネと揺らした。おそらく今なら、付き合っているときに拒絶された愛撫も積極的に受け入れてくれる気がした。

「ねえミーちゃん、俺はここにディープキスがしたいんだ」

女陰を舐めたくなった育三郎が言うと、詠美は無言で頷《うなず》いた。もしも断られたら、セックスで中イキする前に、クンニでクリイキするのは必須条件だと主張するつもりだったが、その必要はなかった。

だからさっそく仰向《あおむ》けにして足の間に顔を埋めると、陰部からは洋ナシとパステルと潮の香りが漂ってきた。

(ああ、これがミーちゃんの性器の匂いなのか)

そう思いつつ育三郎は、まず左右の大陰唇をペロペロと舐めた。それから牡丹《ぼたん》色《いろ》のワレメを、下から上までなぞるように舌を這わせた。

ただそれだけで、もっとクンニを楽しみたいとばかりに詠美は大きく足を広げた。すると桃花色《ももはないろ》の花弁がゆっくり開き、蜜で濡れた薔薇色《ばらいろ》の膣の入り口まで丸見えになった。

育三郎は淫裂上部にある包皮から顔を出した、紅梅色の真珠粒を舐めながら両手を伸ばし、同じ色の両乳首もまさぐった。

「うあっ、もっと舐めて、弄って……」

詠美が身体全体を震わせつつ悶《もだ》えるので、育三郎は要望に応えようとした。

人差し指の腹で乳首を優しく擦《こす》りながら、クリトリスをペロリペロリしゃくるように舐め上げた。すると詠美は息を詰めギクンッ、ギクンッと上半身を揺らした。

陰核と両乳首の愛撫をしばらく続けてから、育三郎は右手を乳頭から離して膣口に中指をあてがった。途端に、愛液がジュクッ、ジュクッと溢《あふ》れてくるのを指先で感じた。

なので、ぬめるヴァギナの入り口を指で円を描くように愛撫しながら、クリトリスを頬張った。たっぷりの唾液にまみれさせながら、舌先を細かく動かした。もちろん、左手の人差し指は右乳首を弄び続けた。

しばらくすると、蜜壷にあてがった右手の中指が、第二関節くらいまでズブズブと埋まっていった。

（むむ、吸い込まれているような気がするな……）

育三郎は思い出した。確か詠美は自己開発で初中イキしたとき、膣肉が指に吸い付くみたいな動きになったと語っていた。

（ってことは、オーガズムが近いわけか……）

膣内に吸い込まれた指を、抜き差しするように動かした。ピチャッ、ピチャッという音が響いた。

しっとりした肉ヒダが、フワフワと中指を包み込んでいた。指で腹側の膣壁をたどり、クリトリスの根元であるGスポットを探した。ややあって、少し膨《ふく》らんでいる部分を見つけたので押してみる。

「うふぅううんっ、はぁあああんっ」

詠美の喘ぎ声が大きくなり、艶かしさを増した。

育三郎が指によるGスポット圧迫と細かく動かす舌のスピードを速めたら、詠美の喘ぎも同調してとても切羽詰《せっぱつ》まった感じになった。

「うくっ、あんんっ、んぐっ、んんんっ」

詠美の太ももは不規則に震え始め、開いている足を閉じようとしていた。

育三郎がGスポットへの圧力をさらに強めると、詠美は腹をへこませ腹直筋を硬くしながら叫んだ。

「いやあああっ、気持ちいっ、いいいっ」

そしてヴァギナ内部が真空状態になって、肉ヒダが奥へ向かってヒクヒク蠢《うごめ》いた。指ではなくペニスだったら、メチャクチャ気持ちよさそうである。

育三郎のような射精コントロール術を会得《えとく》していない普通の男だと、たいていは早漏ぎみに終わってしまうレベルの名器だ。そう思った瞬間、詠美の硬直していた身体が、ガクッと崩れて弛緩《しかん》した。

「あっ、あっ、あっ、ああうっ、あっくうううっ」

ヴァギナの肉ヒダは指に柔らかく吸い付いたままで、いまだにヒクヒク断続的に蠢いていた。

「どうした？　大丈夫か？」

「うんっ、イッちゃった。ふぅうううう。すごく、気持ちよかったぁ」

詠美は、乱れた息を整えながら恍惚《こうこつ》の表情になった。

3

詠美は絶頂に達したあと、仰向けの育三郎の足の間に座り、硬く勃起しているオスの欲望器官をじっと見つめて呟いた。

「わたしもイックンのここを、ディープキスして可愛がりたいな」

「嬉しいねえ。ミーちゃん、昔はおしっこが出るところなんて汚いって、フェラチオどころかさわるのも嫌がってたのにな」

「やん、そんなこと言ったかしら」

詠美は肉竿を握り垂直に立てて、ユルユルしごきながらタートルヘッドに唇を寄せた。

そして尿道口に盛り上がっている、カウパー氏腺液の雫をチュッと吸い取った。次におずおずと舌を伸ばして、亀頭全体をネロネロと舐めた。

(うほほ、たまらねえな)

育三郎は、男根を可愛がる詠美の顔を見ていた。清楚な女性が、男のイチモツを舐めている姿はとても卑猥《ひわい》だ。ましてや相手が、付き合っている頃には口唇愛撫がＮＧだった元彼女なら尚更である。

クンニリングスのお返しのつもりなのか、それとも夫婦の営みを経てブロウジョブで感じる身体になったのだろうか。

詠美のたっぷりの唾液にまみれた舌先が、裏スジやカリ首、カリ表などの部分を這い回ると、じんわりした快感が育三郎の身体中に染み渡った。

丁寧だがどこかぎこちなさがあるので、男を感じさせるフェラチオではなくて、オスの欲望を口にすることで己の欲情を昂らせているのかもしれない。

剛直を舐められている育三郎は上体を起こし、手を伸ばして詠美の両乳首を弄った。すると詠美は、ペニスを浅めに咥《くわ》えながら身悶えした。

「あんっ、うわぁんっ、ふぁあんっ、はむぅんっ、はぁあああんっ」

唇でカリ首を、たっぷりの唾液をまとった舌で亀頭全体を慈《いつく》しんでいた。ときおり舌の動きが止まってしまうのは、乳首愛撫の快感にのめり込んでいるからだろう。

しばらくすると、詠美は大きく口を開けて「むわぁ」とわななき、ペニスから唇と舌を離した。そして潤んだ眼差しで、じっと育三郎を見つめた。

「ミーちゃんはもしかして、そろそろオチンチンを入れてほしくなってきたのかな？」

育三郎の露骨な問いに詠美は答えなかった。

「じゃあ、まだ入れたくないのかな？」

育三郎はもう一度訊きつつ、詠美の手を男のシンボルへ導いた。

「ああっ、熱い。イックンのオチンチン、すごく熱い。熱くて硬くて、とってもいやらしい」

詠美は怒張をギュッと握った。

「俺はもう……」

育三郎は呟きながら詠美を見つめ、淫裂まで手を伸ばしヴァギナに触れた。

「ミーちゃんの中に入りたくて、たまらないんだ」

育三郎が指を秘めやかな部分にめり込ませると、しっとり潤いほぐれてフワフワになった肉ヒダに包まれた。

「ああ、わたしもよ。早くイックンのオチンチンで中イキしたいな」

「コンドームは？」

「いらない」

そう答えてくれた詠美を仰向けにして、育三郎は正常位の格好になり、ヴァギナに茎《くき》の長いマッシュルームをあてがって、ゆっくり時間をかけて根元まで挿入した。

「入ってくるっ、すごいっ、いっぱいっ、んんんんんっ」

詠美は息を詰めながら硬直棒を味わった。

育三郎も熱気の籠もる花園を堪能《たんのう》していた。まるで、温かく粘り気のあるゼリーに浸っているような感じがした。

性器同士を馴染《なじ》ませるためにじっとしていると、肉ヒダがじんわり絡みついてきた。さらに膣肉がうねるからなのか、繋がっている部分から発生する、さざ波のような快感が身体中に染み渡るのだ。

性器挿入だけでは物足りず、育三郎は詠美ともっと密着したくなり、ギュッと抱きしめた。

ゆったりとペニスでヴァギナを掻き回す、グラインドピストン運動をしていると、馴染んだ粘膜が次第に溶け合っていくように思えた。

だが、さっき指先で感じた吸い込みは感じられない。あれは詠美が、絶頂に至る寸前特有の現象なのかもしれない。

などと思いつつ、スローピストンを開始した。最初は浅い場所をゆっくり、G

スポットを撫でるよう突いた。

「うっ、うん。そこっ、好き。気持ちいいのっ」

詠美はせつなそうに快楽を伝えてきた。

「じゃあ、こっちは？」

育三郎はクリトリスを、包皮の上から親指で押さえて圧迫しながら、Gスポットに亀頭を擦りつけるようにして突きまくった。

「あっ、いいっ、両方っ、好きかもっ」

詠美は、出し入れのリズムに同調させた断続的な喘ぎ声を出して、C&Gのミックス快感を悦んだ。

「まだまだ、もっといろいろ楽しみたいか？」

「あはん、全部味わいたいな」

「よし、わかった」

それから育三郎は硬い漲《みなぎ》りを、花壺の奥深くまで入れて小刻みにヴァイブレーションさせたり、詠美の尻を両手で持ち上下に振ったりもしてみた。

すると膣の入り口が、パクパクと開いたり閉じたりした。肉棒の根元が焦《じ》れったいような甘い刺激に包まれた。

育三郎が動きを止めしばしそれを味わっていたら、いつの間にかヴァギナ内部がペニスを吸い込むみたいに蠢き始めていた。

（まさかミーちゃんは、もうイキそうになってるってことなのか？）

柔らかい膣肉がうねりながら、しっかりと男根を包み込み、ヌメヌメとした肉ヒダが膣口から奥へと誘う。育三郎は、ヴァギナに促されるままピストン運動を始めてしまった。

（ヤバいな。俺としたことが、射精コントロールが効かないってか、全然遅漏《ちろう》モードにならねえぞ！）

少なくとも、詠美がセックスで初絶頂に達するまでは持たせたい。そう思っているが、このまま動き続けているとすぐに果ててしまいそうだった。

「はあああっ、もっと、もっとちょうだいっ」

詠美は熱い息を吐きながら、育三郎の背中に腕を回しておねだりした。

腰に巻きつく太ももは、不規則に痙攣しており、抜き差しするたびに聞こえるチュプッ、チュプッというラブジュースの溢れる音が卑猥だった。子宮へと続くホールの吸引力は一定ではなく、詠美が感じるほどに増していくようだ。

「ねえっ、ねえっ、キスしてっ」

詠美はうっとりした表情でせがんだ。育三郎はさらにきつく抱きしめ、詠美の上唇と下唇、そして舌を順番に吸った。

二人は目を閉じて、ねっとり舌を絡め合いながら長いキスをした。育三郎の下半身は、一定のリズムでピストン運動を続けていた。

育三郎は詠美の舌を吸い、ヴァギナはペニスを吸い込む。密着して繋がっているからこそ生じる、快感の塊《かたまり》が二人の身体中を循環《じゅんかん》しているように思えた。

(うおっ、来やがった!)

育三郎が射精の兆《きざ》しを感じると同時に、詠美が唇と舌を離して呻《うめ》いた。

「んっ、んんっ、だんだんっ、イキそうになってきたっ」

詠美も兆しを感じているということは、もしかして快感がシンクロしているのだろうか。だとすれば、是非とも一緒に絶頂を迎えたい。

(って何を考えてるんだ、俺は……)

クライアントから発案されることはあっても、育三郎が自ら同時絶頂を望んだことはなかった。

「止めちゃいやよっ、ねっ、続けてっ、そのままっ、お願いっ、あっ」

詠美は懇願しながら、育三郎の背中に爪を立てて引っ掻いた。

「ああああっ、イクイクイクッ、イッ……」

カッと目を見開き、全身を硬直させながら叫び続ける。

育三郎は背中の肉に食い込む爪の痛みに耐えながら突いた。もう少しで発射できると思った瞬間、再び絶頂に達した詠美は、育三郎の肩を思い切り嚙みながら身悶えた。

「クッ！　うっ、うぐぐぐぐっ」

「てっ、てて、いてぇぇぇぇえっ」

育三郎は呻くものの、肩から生じる強烈な痛みで、射精の兆しは完全に消えてしまった。

（ミーちゃんは中イキできたみたいだし、不幸中の幸いっていうか結果オーライだよな）

とはいえ行き場を失ったドロドロとした欲望が、下腹の奥に澱《おり》のように溜まっていた。

しかもペニスは、いまだにヴァギナの奥深くまで吸い込まれて翻弄《ほんろう》され続けていた。しっとりした肉ヒダのざわめきに竿を愛撫され、グリグリした子宮口と亀頭がヌルヌルと擦れていた。

なんだか下半身は生殺しにされたままなのに、脳には射精の衝撃と快感が伝わっているような、ドライオーガズムに近い感覚だった。

そして二度の中イキを極めた詠美は、まるで糸の切れた操り人形のように弛緩していた。

「ミーちゃん、もう終わりにする？　それとも……？」

育三郎が訊くと、詠美は朦朧《もうろう》とした表情で微笑んだ。

「うん、もっとしたい。イックン、セックスでの中イキって、オナニーとは比べものにならないくらいすごいね。なんだかずっと気持ちいいのが続いて、イキッぱなしになってるみたい」

「俺も、ミーちゃんの中にいるだけで気持ちいいよ」

育三郎は言って、詠美の額に浮き出ている汗の粒を舐め取り、ゆっくりと出し入れを再開した。

奥まで差し込んだときの、子宮口と亀頭の擦れ合いがメチャクチャ気持ちいいので、恥丘をくっつけたまま小刻みに数センチだけピストンした。

さらに、やはり恥丘をくっつけたまま腰を回す、極深グラインドピストンを施すと、詠美は目を閉じて快感に集中し始めた。

「あぅん、あっ、あぅうぅん、あんっ、あぅうぅんっ」

詠美は極深グラインドピストンのリズムに合わせて喘ぎ、だんだんヴァギナの吸引力がパワーアップしてきた。

そしてどうにも快感がリンクしているのか、詠美のオーガズムが近づくと、育三郎にも射精の兆しが訪れるのだった。

「ううう、ミーちゃん、痛いよっ」

また背中に爪を立てられた育三郎が呻くと、詠美は謝った。

「えっ？　あっ、ごめんなさい」

とはいうものの快感が極まってくると我を忘れるのか、詠美は育三郎の背中を引っ掻いたり肩を嚙んだりすることを止めない。

結局、兆しが生まれて痛みで消失という生殺し状態を数回繰り返した。背中や肩の傷に汗がしみて、ヒリヒリしている。だが痛みによって長持ちできているのだから、まさに怪我の功名《こうみよう》だ。

（それにしても、オーガズムの波に揺られ続けているミーちゃんは、じつに艶かしいな）

育三郎は射精せずに、詠美がイクのを見ているだけで満足だった。いつもの仕事モードなら、むしろ無射精もルーティンであるのだから。などと頭では思うのだが、下半身がどうしようもなくモヤモヤしていた。

やはり、腰を振り続けることで湧き出る射精欲求をなんとかしたい。痛みさえなければ、詠美と同時イキが可能なのだ。

(あっ、そうか!)

育三郎に、ちょっとしたアイディアが閃《ひらめ》いた。嚙みつかれないように上体を起こし、詠美の両手首を摑んで動けなくしたのだ。

そして、男根を女陰に打ち込み続けた。途端に膣肉が、マックスサイズの淫棒を吸い込みキュンキュン締まった。

(くうう、来た来た来たぁ)

腰全体が甘く痺《しび》れてきたので、育三郎は括約筋《かつやくきん》を絞《しぼ》るようにして精液の激流に備える。

「あううっ、すごいすごいっ、激しくてっ、素敵っ」

詠美はベッドに磔《はりつけ》にされたような状態で身悶えた。ヴァギナの吸引力が強くなり、肉ヒダがウネウネ奥に向かって渦巻《うずま》いた。まさに、射精を誘っているとしか思えない蠢きだった。

「いやあっ、ダメッ、ダメダメダメッ。またイクの、溶けちゃううんっ」

詠美が叫んだ刹那《せつな》、育三郎は寸止めされていた数回分の精を一気に放った。

「くっ、俺も一緒にイクぞ。うおおおおんっ」

ペニスの先から、今まで感じたことのないほどの凄まじい快感が、熱泉のように噴き上がっていた。

腰を包んでいた甘い痺れが全身を覆う。発射を終えてもなお、長く続く快感の大波に翻弄されながら、育三郎は詠美にしがみついた。

唇を重ね舌を絡め合うと、余韻と呼ぶにはあまりにも甘美な官能の塊が、二人の体内を循環する。今この瞬間は、本当に詠美と溶け合っているのだ。

（ヤバいな、俺……。愛の告白がしたくなっちまったぜ）

育三郎は、詠美に溺《おぼ》れそうな予感がした。こんなにセックスの相性がいいなら、セラピストとクライアントではなく、単なる不倫でも構わないからセックスをしまくりたくなった。

愛ではなくて性愛、というよりもむしろ、純文学とか純喫茶のような純セックスの関係を築きたくなったのだ。

＊

セックス後、育三郎と詠美はベッドでくつろいでいた。

「中イキだけじゃなくて、連続イキも体験したし、まさかセックスで同時イキまでできるなんて思ってなかったな。イックンは、夫が言う通り本物のプロフェッショナルね」

「ええええっ、夫が言う通り？」

育三郎がいぶかしむと、詠美はテヘペロという感じで舌を出した。

「いっけない、言っちゃった」

「どういうことだ？」

「じつは、夫がイックンの熱烈なファンなの。えっと、AV男優や監督をしていた頃からの……。それで一緒にAVを観てるときに元彼だって教えたら、イックンにエッチのテクニックを教わったり、膣内性感を開発してもらえって言われて今に至るみたいな……」

「じゃあ、旦那さん公認なのか？」

育三郎は、驚きつつ訊いた。てっきり、夫には内緒だと思っていたからだ。

「そうなの。わたしも愛撫が上手くなりたかったたし、中イキにも興味があったし、夫には絶対にセックスをしてくれって頼まれるし、そもそも元彼だから、夫よりも前に全部済ませている相手だから問題ないみたいな……」

「もしかして旦那さん、NTR《ねとられ》趣味か？」

それは、妻を他の男に寝取らせることで欲情する性癖のことである。

「さすがね、わかるんだ。わたしは夫に告白されて、本当に最近知ったばかりなの。セックスレスだったのは本当で、どうしたらわたしとその気になってくれるのって言ったら、他の誰かに抱かれてほしいみたいなことを言い出したのね。でも夫がネットで募集した候補の人はみんなイマイチで、わたしもよく知らない人だと抵抗があったし。

そしたら夫は、女性向け風俗のセラピストをしてるプロならどうかって、イックンのAVをわたしに観せて……」

詠美の発言を受けて、育三郎は言葉を繋いだ。

「……今に至るみたいな」

「うん。でも想像していた以上に気持ちよくて、ビックリしてる」

「そりゃあ、セラピスト冥利《みょうり》に尽きるね」

「それでね、イックンとわたしがセックスしてるのを夫が観て、途中から参加する3Pとかもできるのかしら？」

「全然大丈夫、NTRコースっていうのがあるから」

「あとね。イックンにわたしとハメ撮りをしてもらって、夫も参加する3Pシーンも入った、夫婦のオリジナルDVDを作るのって可能？」

「もちろん、それなりの別料金をいただくことになるけど」

育三郎が言うと、詠美は安堵《あんど》の笑みを浮かべた。

「よかったぁ、夫が喜ぶわ。それからわたしの方は、もっと確実に自分の意思で、いつでも自由に中イキできるまで面倒を見てもらえる？」

「もちろん。中イキブートキャンプは、そこがゴールだから。とりあえず今夜は、フェラや手コキのテクニックを教えてもいいし。あるいは、騎乗位やバックとか他の体位でセックスして、中イキのコツを覚えてもらってもいいし」

今後リピートしてくれるだけではなく、夫婦でクライアントになってもらえるとは、じつにありがたい。それに当分、詠美とはセックスしまくれるってことである。

（そもそも俺は恋愛偏差値ゼロなんだから、愛の告白なんて似合わないことをし

ないでよかったぜい)

育三郎は、胸を撫で下ろした。

エピローグ

金曜日の午後二時。麻布にあるマンションの一室、カリスマ女占い師・上川名ナオミの事務所である。

「ウププ。クライアントに愛の告白なんて、沼袋くんには似合わないし、そもそもプロとして失格よねー」

ナオミが吹き出すのを堪《こら》えつつ言うと、育三郎は顔をしかめた。

「思っただけでしてねえし、まあ昔の女が相手だし青春の忘れ物っていうか、俺にも多少は純情な部分が残ってたってことで、いいじゃないか」

「元ホストのイケメンセラピストが、色恋営業でクライアントを沼《ぬま》らせるパターンはよくあるけど、逆はあり得ないわよ」

「わかってるさ。とにかく結果的に、NTRコースやDVD作成まで発展したんだから、御《おん》の字《じ》だろう」

「まあね。ってアハハハハ、あーダメだ、堪えきれない。だって、エロの権化《ごんげ》が愛なんて言うんだもん、ウハハハハ」

笑い転げるナオミを横目で見つつ、育三郎は舌打ちした。

「チェッ。っていうかナオミ、俺に話があるから呼んだんだろう」

「そうだった」

一瞬でナオミは、ビジネスモードにチェンジした。

「最近、女性向け風俗店が増えたでしょう」

「うむ、確かに」

「だからうちも高級路線だけじゃなくて、大衆向けも充実させようと思ってるのよね。それで今も沼袋くんにやってもらってる若手の講習、もっと幅を広げてもらいたいの」

「なるほど、どんなふうに？」

「そうねえ。セラピストのタイプも、イケメンエスコート系だけじゃなくて、オラオラマッチョ系、女心に寄り添うことを目指す真面目系、明るいユーモア系、性感開発と特殊な性癖に向き合う系みたいな感じで……」

「俺が得意なのは最後のだけだな」

育三郎が苦笑すると、ナオミは詳しい事情を説明した。

「最近はね、テクニシャンのセラピストよりも、童貞もしくは経験の少ない素直な男の子と関係して、自分好みの男に育てたいって熟女も多いの。それに女性向け風俗では、レズビアンやバイセクシャルのセラピストもけっこう鉄板なのよ。男が相手だと夫や恋人に罪悪感があるけど、女ならパートナーも納得するし、もしもバイセクシャルならば3Pをしたいっていう要望もあるからね。あとSM系に特化したセラピストもいるし、店もあるしね」

「俺だったらS女がクライアントの場合、顔面騎乗ロデオコースを作るな。M女なら、首輪とリードでお散歩コース。ノーマルなら、とにかくやりたい即エロコース、クンニマグロコースにフェラ塾コース……」

「すごい。そういうアイディアは、即座に出るのね」

「俺は、エロのプロだからな」

育三郎が不敵な笑みを浮かべると、ナオミは質問した。

「じゃあ沼袋プロは、クライアントとセラピストが気軽に交流できる、カフェバーってどう思う？」

「男女のセラピストが、ホストとホステスになる感じか。ホームページのプロフイールやSNSだけより、やっぱり実際に会って話をした方がセッションに発展しやすいだろうな。うん、グッドアイディアだよ」

「でしょう。だから沼袋くん、店長をやりなさいよ。もちろんリピーターも多いから、セラピストも続けてもらって。ときどき講師で店長、どうかな?」

「マジかよ」

「だって沼袋くん、演劇で食えても食えなくても、中年になったらカフェバーをやってみたいって、若い頃に言ってたじゃん」

AV男優をする前、演劇を始めて数年はカフェや居酒屋、ショットバーのバーテンなどのアルバイトを転々としていた。ナオミがホステスをしていた銀座の高級クラブで、頼まれてボーイをしたこともあった。

肉体労働よりも、水商売の方が性《しょう》に合っていたのだ。六本木《ろっぽんぎ》のショーパブでは、ボーイだけでなくショーの音響や照明もやって重宝されていた。

そのうちに、ヌードダンサーの一人がAV女優になったので、男優の仕事が舞い込んでくるようになったのだ。そんなことを、瞬時に思い出した。

「確かに……。よく覚えてんな、ナオミ。ってか思い出したぞ。お前さ、二人で呑んで酔っ払ったとき、わたしが大儲けしたら店を出してあげるよって豪語してたよな」

「うふふ、これも青春の忘れ物ってやつじゃない。わたしさ、沼袋くんの芝居の台本や演出よりも、カフェバーのコンセプトとか内装プランの方が好きだったんだよね。今だって絶対向いてるから、女性向け風俗のカフェバーやってみなさいよ」

「ビジネスで成功しまくりのお前に、そこまで言われたらやるしかねえだろ」

育三郎は言って、ナオミに向かってピースサインをした。

※この作品は双葉文庫のために書き下ろされたもので、完全なフィクションです。

双葉文庫

の-08-12

イカセ屋稼業《やかぎよう》

2023年2月18日　第1刷発行

【著者】

乃坂希《のさかのぞむ》

【発行者】

箕浦克史

【発行所】

株式会社双葉社

〒162-8540 東京都新宿区東五軒町3番28号
［電話］03-5261-4818(営業部)　03-5261-4868(編集部)
www.futabasha.co.jp(双葉社の書籍・コミックが買えます)

【印刷所】

中央精版印刷株式会社

【製本所】

中央精版印刷株式会社

【フォーマット・デザイン】

日下潤一

ISBN978-4-575-52646-2 C0193
Printed in Japan